JN034762

くやしいけれどあなたが運命
～詐欺師との結婚～

Aion
Aion

ILLUSTRATION 街子マドカ

CONTENTS

「あなたに会えたことは、俺の運命かもしれません」

お見合いに似た状況の顔合わせ。向かい側に座る素敵な人が、微笑みながらそんなことを言うので、おれはどうしようもなくときめいた。

政府公式のマッチングシステム、EN―縁―。

それは誰もが国の支援を受けながら、手軽かつ本格的に婚活することができる、婚活システムだ。「あなたの縁を、最大限応援します」というキャッチコピーと共に、今やCMを見ない日はないくらい、大々的に宣伝されている。

ENがリリースされたのは、今から一年半ほど前。

「政府公式」という安心感と、精密な性格分析プログラムを介した満足度の高いマッチング結果、そして何より「婚活費用の一部を国が負担する」という、補助金制度が話題を呼び、つい先日、登録者数が千五百万人を超えたらしい。

おれがENに登録したのは、つい先週のことだ。元々結婚願望があったし、数年前に同性婚が認可されたことを受け、同性同士のパートナー探しにも問題なく対応していることが、大きな後押しとなった。

マッチング相手が決まるには、最低でも二、三日かかると聞いていた。

けれどおれの場合、異例なことに翌日には連絡が来て、そこからとんとん拍子で段取りが整い、こうして相手と膝を突き合わせている。速すぎる展開に戸惑いもあるけれど、対面する彼が優しく笑いかける度に、来て良かったと思えた。

ＥＮが結びつけてくれた相手は、羽瀬創真さんという。

年齢は二十八、Ｂ型の夏生まれ。高い身長と恵まれた体格に加え、快活さと聡明さを感じさせる、整った目鼻立ちの美丈夫だ。

髪と肌の色が少し明るいのは、西洋人の血が混ざっているかららしい。

自分には勿体ない人だと気後れしそうになるが、創真さんは会った瞬間から、紳士的な態度で接し続けてくれている。

実は彼に会うのは初めてではない。といっても、おれが一方的に知っているだけだが、創真さんは、かつて自分の背中を押してくれた「恩人」と呼ぶべき人でもある。

その人とこんな風に再会できたのだから、おれもまた「運命」を信じてみたくなった。

「すみません、突然こんなことを言われても困りますよね。でも、なんだか嬉しくて」

照れくさそうに後ろ頭を掻く。そんな仕草にすら心を惹かれる……。

その時、斜め横から控えめな咳払いが聞こえた。見るとビジネススーツ姿の男性が、眼鏡を押し上げ、何か言いたげに目で促してくる。

そうだ。まだ自己紹介の途中だった。というか、名乗ってすらいない。

おれは背筋を伸ばし、小さく呼吸を調える。

「芳条　湊と言います。年齢は二十三で、金沢から来ました。趣味は絵を描くことです」

面白みのない挨拶にも拘わらず、創真さんは真剣に耳を傾けてくれた。

「俺に会うために遠いところから来てくれて、本当にありがとうございます」

「いえ、そんな。新幹線ですぐですから」

「だけど、慣れないと東京って不安じゃないですか？　人も多いでしょう？」

気遣う声もまた、耳に心地良く響いて、胸の中がこそばゆくなる。

「よければ俺が色々案内しますよ。これから『運命の伴侶』として、長い付き合いになるわけですから」

申し出を嬉しく思っていると、先ほどとは比べ物にならないほど大きな咳払いと共に、ビジネススーツの男性が割り込んできた。

「羽瀬さん、『運命の伴侶』というワードは、できるだけ口にしないようにと、先ほどお伝えしましたよね？」

この人は結家さんという。先ほどもらった名刺にはENのロゴと、所属する政府機関の名称と肩書きに続き「結家愛之介」と、なんとも縁起の良さそうな名前が記載されていた。

誂えたかのようだと思っていると「本名ですよ」と、ウインクしたのが印象的だった。

年齢は三十歳前後。清潔感のある身だしなみに品の良い眼鏡がきらりと光る。

趣味は写真と動画編集とパワースポット巡りだと自己紹介をしていたこの人は、おれと創真さんを担当してくれる、専属のコンシェルジュだ。

実はENには、少し不思議な噂がある。ごく稀に、相性度が99・99％のマッチングが成立する、というものだ。

システム的には本来出るはずのない、ありえない数字と言われており、ENではそのマッチングを「運命の伴侶」と呼んで成婚に向けて後押しする……。

都市伝説めいた、その「運命の伴侶」に、なぜかおれたちが認定されてしまった。

「いいですか？『運命の伴侶』に選ばれたのは、あなた方で四組目、最近噂が熱を帯びつつありますし、メディアにバレたら格好の餌食です。トラブルにならないよう、こちらも手を打っていますが、ご自身でも自衛なさっていただかないと」

忠告を受けて、創真さんは「すみません」と肩を竦める。

ENでマッチングしたカップルは、デート費用の一部に補助金を利用することができる。申請が通れば食事代や交通費の他、様々な施設で割引が利いたりもする。

だが「運命の伴侶」には、さらに強力な支援体制が整っている。

婚活中のヘルスケアサポートから頑固な親の説得、結婚後を想定したライフプランの相談など至れり尽くせりで、実際に成婚に至ると、EN所属のウェディングプランナーによる式のプランニングや、ジュエリーショップの紹介、ツアーコーディネーターによる新婚旅行の企画や手配までしてもらえるのだという。

そもそもコンシェルジュ自体が、「運命の伴侶」のみに与えられる特別待遇のようで、結家さんに頼めば大概のことはなんとかしてくれるというのだから驚きだ。

優遇された状況は反感を生みかねない。なので「運命の伴侶」の実態は秘匿され、今日の顔合わせも、ホテルの特別ラウンジを借り切って行われていた。

「とはいえ、そのワードさえ口外しなければ、まずバレることはありません。とにかくお二人には、じゃんじゃん積極的にデートを重ねてほしいと思っています。ちなみに、ENを利用した交際に、いくつかのルールがあることは覚えていますね？」

創真さんは、軽く頷く。

「正式交際になるまでは二分以上のゼロ距離接近、親密なスキンシップ、それに類する接触行為も禁止……でしたよね？」

ENではまず健全なデートを重ねた後、「正式交際」を申し込む流れになっている。

相手が同意すれば結婚を前提とした交際が始まり、他の人とのマッチングは打ち切られる。冷やかしや詐欺を防いで、安心して婚活ができる仕組みがきちんと設けられていた。

登録するだけでも不正防止のためにかなりの手間がかかる。性格分析のための設問数は一〇八問、ゲームやクイズのようなものまであり、個人情報として指紋まで要求される。

その時点で殆どの犯罪分子は弾かれるが、万が一、不埒な目的でENに登録したことが判明した場合、アカウントは即時抹消、再登録も不可。というものだった。

「ついでに婚活市場のブラックリストにも名前が載るため、他社の登録も絶望的となります。どうぞご注意を」

　結家さんは笑顔のまま忠告をした。

「さて、自己紹介が途中でしたね。湊さんの趣味まで伺いましたが、お仕事についてお伺いしても？」

「はい。図書館司書を、しています……」

　言いながら回答に少し迷う。ＥＮに登録した時は間違いなくそうだった。でも、もうすぐそうではなくなる、というのが正しい。元々職場に居づらさを感じて、夏の終わり頃には退職を申し出ていた。人手不足を理由に上司に引き止められていた時に「運命の伴侶」に認定され、思いきって地元を離れることにした。今は有休消化期間中だ。

　絵も趣味には違いないが、最近少しずつ利益を伴うようになっている。

　そういった事情をきちんと説明すべきだと思ったものの、初対面の自己紹介で打ち明けるには、込み入りすぎている……迷っていると創真さんが訊ねた。

「素敵な仕事ですね。ちなみに絵は、どんなものを描かれるんですか？」

「ええと、主に樹木をモチーフにした絵を描きます。少し抽象的なものを」

「それは是非、見てみたいです」

　興味を持ってもらえて初めて、あの時の絵を見てもらえたら、と残念に思った。

絵を続けるかどうか悩んでいた時、岐路になった作品がある。随分前に人手に渡ったから実物は手元にないが、写真か画像データがどこかに残っていなかっただろうか。

「木の絵を描くということは、芳条さんは植物が好きなんですね」

続く質問に頷くと、創真さんの表情が和らぐ。

「俺も仕事で植物を扱うので、共通点がありそうですね……って、また自己紹介に割り込んでしまいました」

すみません、と律義に頭を下げる様子を、好ましく思った。

「羽瀬さんのお仕事は『プラントハンター』でしたよね？　かなり珍しい業種では？」

「その肩書きだと、得体の知れない仕事だと思われるかもしれませんが、早い話、植木の仕入れ業のようなものです」

創真さんは結家さんの質問に苦笑しながら続ける。

「家業が植木や苗木の仕入業で、顧客からの少し変わった植物を入手してほしい、という要望に応えているうちに、聞きなれない肩書きがつきました」

「確か以前、テレビや雑誌にも出られていたそうですね？」

「物珍しい職業だったからでしょう。でも、一時的なものですよ」

二人の会話を聞きながら、「知っています」と言いたい気持ちを、ぐっと堪えた。

創真さんの仕事は、日本でもほんの一握りの人しか携わっていない珍しい職業ということもあり、一時期、知学系のテレビ番組やラジオによくゲスト出演をしていた。

他にも雑誌でコラムの連載をしたり、植物園のプロデュースを手がけたり、大学や商業施設が開催する講演会にも呼ばれたりして、精力的に活動していた。

「この仕事の最大の利点は、体力がつくことと、クリスマスツリーに事欠かないことかな……とにかく、名前ほど怪しい職業ではないので安心してください」

包み込むような笑顔を向けられて、素敵な人だなと何度目か思った。

落ち着きのある言動に、話せば話すほど好印象が募っていく。姿勢のいい座り姿も見惚(みほ)れるほど綺麗だ。

彼がテレビに出演した理由には、仕事内容の珍しさもさることながら、そのルックスがテレビ受けすることも含まれていたに違いない。

実際に対面すると華があるし、カジュアルなスーツに合わせて整えた髪形も含め、「都会の大人の男性」といった印象だ。今日は前もって、畏まりすぎなくていいと言われていたが、ホテルの特別ラウンジという場所にふさわしくまとめている。それに比べて自分の服装が急に残念に思えた。気を使ったつもりだけれど野暮(やぼ)ったい。癖のない髪には遊び心もない。せめて少し切ってくるんだったと後悔しながら、伸びた前髪を指先で整えた。

「さて、お二人の交際に関しては、基本自由に進めていただいて構わないのですが、一回目のデートだけは、日時と場所を先に決めていただきたいと考えています。というわけで、お二人にひとつ提案があります」

結家さんは、「今から二人で相談して、デートの場所や大まかな予定を決めていただきます」と告げた。言わば初の共同ミッションのようなもの。

そして結家さんが言うには、このホテルは庭が素晴らしいことで有名らしい。

「歩きながらだとアイディアが浮かびやすいと言いますし、散策してみては？　私はここにいますので、決まったら戻ってきてくださいね」

そう言われて、おれ達は外に追い出されてしまった。

中庭に出たところで、互いに顔を見合わせる。

「あの言い方だと、決まるまで戻ってくるな、ということでしょうね」

恐らくそういうことなのだろうけど、いきなり二人きりにされて緊張する。

しかし創真さんは、どこか嬉しそうだ。

「俺としては、芳条さんと早く二人きりになりたかったので、好都合です」

嬉しい言葉に、自然と頬が熱くなる。

「せっかくだから、一周りしてみましょうか」

促されて歩き出したものの、右手と右足を同時に出しかけるほど体が強ばっている。

ぎくしゃくと歩くおれに、創真さんは何も言わず歩調を合わせてくれた。

「本当に綺麗な庭ですね」

その言葉に初めて庭に目が行く。木立を縫うように延段が敷かれた和風の庭。鳥のさえずりが耳に心地良く響き、淡く色づきはじめた紅葉も綺麗だ。いつもの癖で風に揺れる枝葉を見上げた時、濡れた落ち葉でも踏んだのか、足を滑らせてしまった。

あっ、と思う間に背後にひっくり返りかけたが、力強い腕がそれを防ぐ。

「大丈夫ですか？」

気づけば創真さんが、おれを抱き止めるように支えてくれている。

「す、すみません、不注意でした」

「いいえ。見上げたくなる気持ち解るので。だけど足下には気をつけて」

軽々とおれを立たせてくれる、逞しい腕の感触にどきどきした。

改めて並んで立つと、創真さんはすらりと背が高くスタイルがいい。憧れの眼差しを向けていると、ふと改まった様子で訊ねられた。

「つかぬことを伺いますが、もしかして芳条さんは、あの芳条グループの関係者ですか？」

その話題に、今度は別の意味で心臓が跳ねた。

関係者というか一応実家の家業ということになる。だけど関わりは殆どないに等しい。どう伝えればいいか迷っていると、創真さんが慌てて付け足す。

「すみません。珍しい字の苗字だったので。以前、芳条グループ関連の仕事を請け負ったことがあるものですから」

芳条家は国内有数の資産家で、有名な広告代理店などいくつもの企業を経営している。親族の中には政治家などの著名人もいる。手広くやっているようだから、創真さんが関わりを持っていてもおかしくない。

「一応……。あまり実家に帰ったりはしていませんが」

「そうなんですね……芳条さんは……いや、湊さんと呼んでもいいですか？」

「はい。構いません」

「ありがとうございます。じゃあ俺のことも名前で呼んでください」

どうぞ、と促されるまま「創真さん」と、ぎこちなく口にすると、大きく頷いてくれた。

「やっぱり名前で呼び合うほうが親密に感じますね。早く仲良くなれそうな気がする」

ね？　と柔らかい微笑みを向けられてドキドキするが、おれの緊張を解そうとしてくれているのが伝わってきて嬉しくなる。

確かに、いつまでも苗字で呼び合い続ける関係ではないし、名前で呼ばれるほうが好きだ。それにできることならおれも、早く仲良くなりたい。

「湊さんは、金沢のどの辺りに住んでいるんですか？」

「中心部から少し北のほうです」

「良い街ですよね。何年か前に大学の講演会にゲストで呼ばれて、行ったことがあります。……てことは、今はどこかのホテルに滞在を？」

「はい。品川駅の近くの、カプセルホテルに……」

何気なく告げると、創真さんは微かに困惑の色を浮かべた。

「なぜそんなところに？」

快適とは言いがたい環境を選んだことを、不思議に思ったのだろう。

「土地勘がないので、ひとまず目についた所に……それに、東京のカプセルホテルって綺麗だし、一度泊まってみたくて」

咄嗟に返すと創真さんは納得したのか「確かに、秘密基地みたいで面白いですよね」と頷いてくれた。

「そういえば、お仕事は図書館司書だと伺いましたが、なぜその仕事を？」

「絵の資料を探すのに、よく図書館に行っていたんです。大学は美術系の学部ではなかったので技法を調べたり。入り浸っているうちに、図書館が好きになってしまって」

「好きなものを仕事にするのっていいですよね。他にはどんなものが好きですか？」

「美術館や博物館も好きです。気になる企画展には、欠かさず足を運んでいます」

おれの言葉に耳を傾け、知ろうとしてくれる。それが嬉しい。

「デートの場所ですが、もしよければ俺に任せてもらえませんか？」

むしろ大歓迎だ。「お願いします」と伝えると、創真さんは安堵したように息を吐く。

「湊さんが話しやすい人で良かった。実は昨日は緊張して、あまり眠れなかったんです。

マッチングシステムを使うのは初めてで……いい大人なのに情けないでしょう?」

「そんなことないです。おれも同じですし……創真さんはその、なぜENに登録しようと思ったんですか?」

訊くと彼はほんの少し、迷うように表情を曇らせた。触れてはいけない話題だったのだろうか。困惑しているとその足が止まる。

「後で誤解されるのは嫌なので、正直に言います。少し前に、結婚を考えていた恋人に振られたんです」

「それは……立ち入ったことを聞いてすみません」

人にはそれぞれの事情がある。自分だって訊かれたくないことがあるくせに……と、悔やんでいると、創真さんは小さく首を横に振った。

「気にしないでください。元々終わりかけてた関係だったので。原因は俺にあって、仕事で海外に行っている間、相手への連絡がおざなりになってしまったんです。帰国して、なんとなく話の流れで結婚の話を持ち出したら『惰性で結婚するつもりはない』と別れを切り出されました。向こうには別の相手もいたみたいで、まぁ当然の報いです」

哀しいことのはずなのに、もう割り切っているのか、あっさりとした口調で続ける。

「その時思ったんです。俺が結婚を考えた理由って自己都合でしかなかったなって。年齢的に頃合いだとか、世間体を気にしただけ……だけど本来結婚って、心から大切だと思える相手とすべきだなと。そういう人と出会いたくてENに登録しました」

その言葉に強く共感した。同じ理由だった。感激していると、創真さんは真摯な瞳で真っすぐにおれを見つめ返す。

「最初は『運命の伴侶』に認定されてもピンと来なかった。だけど、相手が湊さんだと知って、会ってみたいと思いました。正直すごく好みのタイプだったので……実際に会ってみて、想像以上に素敵な人だから驚いているし、とても嬉しいんです」

はっきりと好意を告げられて、動揺した。夢でも見ているのだろうかと疑う。創真さんはそんなおれに、追い討ちを掛けた。

「湊さんは相手が俺で問題ないですか？　俺も少しは、あなたの好みに当てはまっているといいんですが」

さっきから一つ一つの言葉が直球すぎる。おれだって既に好印象を持っている。そんな相手から情熱的な言動をぶつけられて嬉しい反面、圧倒されてもいた。

婚活ってこういうものなのか？　ぐいぐい攻めるのが普通なのだろうか？

「お、おれも、創真さんのことを、素敵な人だと思っています」

ならばとこちらも素直な気持ちを打ち明けると、彼はホッとしたように笑った。

「よかった、すごく嬉しいです」

その笑顔が直視できないほど眩しい。こちらこそ、こんなに素敵な人が相手でいいのだろうか。何より結婚に対して、同じ熱量でいてくれるだなんて奇跡みたいだ。

同性婚が認められて数年経つとはいえ、結婚となると家族との関係や、社会的立場が原因で、頓挫することもある。だけどこの人となら、もしかしたら……。

ＥＮのおかげで、本当に最良の相手に出会えたのかもしれない。

喜びに胸を膨らませていると、創真さんは小さく首を捻った。

「だけど、どうしても腑に落ちないことがあるんです。結家さんが言っていた相性度の話ですが、いくらシステムの信頼性が高いとはいえ、第三者から『あなたたちは相性がいい』と言われても、それを当人たちが実感できるかどうかは、別の話だと思うんです」

確かに相性の良さというものは、同じ時間を共有する中で実感していくものだ。細やかな出来事や会話のタイミング、居心地の良さといった「感覚」が重要な気がする。

「湊さんは、どうすれば相性の良さを実感しやすいと思いますか？」

「そうですね……たくさん、話をするしかないんじゃないでしょうか」

「それも一つの方法だと思います。でも俺は、一番手っ取り早いのは、体から入ることだと思うんです」

「からだ……って、つまり？」

「セックスですね」

いきなり飛び出たセンシティブな言葉に衝撃を受け、「せっ……」と、おうむ返しにしかけて口を噤む。しかし創真さんは平然としたままだ。

経験豊富な大人だから？　それとも都会の人はみんなこうも明け透けなのだろうか。

一応周囲を見回すが、人の姿は見当たらない。誰かに聞かれる心配はなさそうだ。

「結局体の相性が一番分かりやすいというか。湊さんはどう思いますか？」

どう、と訊かれて、ひとまず考える。過激な意見ではあるが、それも付き合っていく上で大切なことに違いない。おれだって好きな人とは触れ合いたい。結婚生活の中で互いに不満を持たずにいられるか、というのは、実はかなり重要なことだ。

「そう……かもしれませんね」

「でしょう？　なので試しにキスしてみてもいいですか？」

試しにするものじゃないだろうと困惑するが、創真さんの表情に迷いはない。

「ええと、い、今、ですか？」

「はい」

迫られて無意識に後退しているうちに、いつの間にか散策路から少し奥に入った木陰に追い込まれていた。背後にしっかりとした木の幹の感触がして、さすがに狼狽える。

「その、出会ってまだ一時間くらいしか経ってないし、いきなり、すぎるような……！」

「こういうのは、早ければ早いほどいいと思うんです」

創真さんはさらに距離を詰めてくる。全く引かない姿勢に、気迫すら感じた。

「付き合いを深めてから『実は相性が悪かった』って解ったら悲惨じゃないですか。それなら最初に相性がいいことを確信し合っていたほうが、信頼関係も築きやすいはずです。俺は湊さんとの相性を、早めに確かめてみたいです」

至近距離で熱望されると、そうかもしれないと思わなくもない。だけど性急すぎる展開に気持ちがついていかない。

はっきりと心境を伝えよう。そう決意した時、創真さんがおれの顎をすくい上げた。

ハッと息を呑むと、創真さんの唇が小さく弧を描く。

「……困った顔、わりと本気で可愛いな」

不意打ちの口説き文句に頭が真っ白になった瞬間、創真さんが軽く体を屈めた。

唇に、柔らかくて少し湿った温もりが触れる。その途端、言葉にできない恍惚感が体を走り抜けた。

ただ触れ合うだけのキスが、信じられないほど気持ちがいい。

衝撃的な感覚に立ち尽くしていると、悪戯(いたずら)をしかけるように、舌先が唇を舐めた。思わずびくりと体を揺らすと、創真さんは笑うように息を吐く。

最初からこんなキスは破廉恥(はれんち)すぎる……！　我に返り、目の前の体を押し返すが、厚みのある胸板はびくともしなかった。それどころか抵抗を押さえ込むように、おれを背後の木の幹に押し付ける。

逃げ道を塞いだ後、創真さんはゆっくりと舌先で口を開けるように促した。柔らかく丁寧に、感じやすい所を探られて、おれはあっという間に抵抗する理由を見失った。

絆(ほだ)され、受け入れる。すると創真さんは、おれの舌を遠慮なく吸い上げた。

その途端、甘い痺れが脳髄に走る。

創真さんとのキスは、今まで経験したことがないくらい気持ちよかった。単に自分の経験が乏しいせいかもしれないが、頭の中が蕩(とろ)けて、膝から崩れ落ちてしまいそうになる。

背後の木の幹に体重を預け、どうにか体を支えていたが、こんなキスをいつまでも続けられたら身が持たない。切羽詰まった危機感を感じはじめた時、創真さんはあっけなく、おれを解放した。

その場に尻餅をつきかけながら見上げると、彼は何やら考え込み、意外そうに「悪くないな」と呟いた。困惑していると、取り繕った様子で訊ねてくる。

「ええと、湊さんは、どうでしたか?」

そこでようやく、おれが腰砕けになっていることに気づいたらしい。慌てて手を差し伸べ、その場に立たせてくれた。

「失礼。ちょっとやりすぎました。抑えたつもりだったんですが」

今ので? と声を上げそうになるのを堪えて「だ、大丈夫です、ありがとうございます」となんとかその場に自立したが、まだ膝が笑っている。

それに顔が、というか全身が熱い。外気温は低いのに汗が止まらない。

自分ばかりが動揺しているのが恥ずかしくて目を伏せると、創真さんは悪戯っぽくおれを引き寄せ、耳元で囁く。

「俺たちかなり相性がいいと思うんですが、場所を変えて、もう一度試してみますか？」

甘い誘惑に心臓が激しく脈打つ。創真さんにとって、あの程度のキスは日常茶飯事なのだろうか？　もしかしたらかなり遊び慣れているのかもしれない。おれもからかわれているだけ？　でもさっき、真剣な様子で気持ちを伝えてくれた……。

疑問が激しく渦巻きはじめた時、唐突にアラーム音が大音量で鳴り響いた。

その音が互いのスマホから発していることに気づいて、慌てて確認する。

「異常接近警告？」

互いのスマホに表示された警告文に困惑していると、何かがこちらに向けて猛スピードで近づいてくる気配がした。それは庭木を突っ切って突進してくるようで、目の前の生け垣がガサガサと揺れはじめる。野生の獣かと身構えた次の瞬間、垣根を割って姿を現したのは結家さんだった。

「羽瀬さん！　正式な交際に至るまでは、親密なスキンシップや、それに類する接触行為は禁止って言いましたよね！」

葉や枝をスーツや髪につけたまま結家さんが忠告すると、創真さんは、大人げなくも

「チッ」と舌打ちした。

「まったく、ちょっと目を離した隙に……！　湊さん、あなたもイヤなことはイヤだとき
ちんと断わらないとダメですよ！　とはいえ咄嗟に恐怖で声が出ない、なんてこともある
でしょうから、後ほど爆音で鳴る防犯アプリをスマホに入れてさしあげます。ということ
で、散策は危険だと判明したので、ラウンジに戻りましょうか！」

　心配してくれるのはありがたいが、今の状況は、おれも許容してのことだ。

　伝えようとした時、創真さんが結家さんを呼び止めた。

「確かに順序が逆になってしまいましたが、俺は本気です！」

　そして創真さんは俺に向き直ると、真剣な様子で告げる。

「今のキスで確信しました。俺は湊さんと、結婚に向けて正式に交際したいです」

「早すぎません？　まだ出会って一時間しか経ってないですよね？」

　結家さんの意見は尤もだが、創真さんの告白が嬉しい。おれもこの縁を信じてみたい。

「こちらこそ、どうぞよろしくお願いします」

「そんな、湊さんまで！　もっとちゃんと考えてからでもいいんですよ！」

　考えても同じ答えに至るはずだ。見上げると創真さんは嬉しそうに微笑んでくれた。

　その胸の奥が温かくなる笑顔を、前にも一度、見たことがある。

　おれがまだ学生だった頃。大学が企画した特別講演会に、ゲストの一人として、創真さ

んが招かれたことがある。確か、住環境と観葉植物というテーマだったはずだ。その時は「最近テレビでよく見かける人」という程度の認識しかなかったし、おれは講演会を見に行くくらいなら、その時間を絵の修練に充てたいと考えていた。

そもそも絵画サークルに所属している人の多くは、美術学部の学生たちで、経済学部に在籍していたおれは、彼らに比べると基礎的な技術が拙い。好きだから描いていただけのはずなのに、いつしか他人と自分を勝手に比べて落ち込むようになっていた。

描くのをやめてしまおうか……と悩んでいたある日、構内のフリースペースで開催していたサークルの作品展示会の前を、たまたま講演会の関係者たちが通りかかったのだ。

そして何気なく、創真さんがおれの絵の前で足を止めた。

黄金に染まったイチョウの絵をじっと見つめる姿。それを少し離れたところから目撃し、彼が何を思って足を止めたのかが知りたくて、密かに様子を窺った。

すると関係者に声を掛けられた彼が、朗らかな笑顔で応えた。

「この絵、すごく好きだなって。こんなに心動かされる絵に巡り合うなんて、運命かもしれません」

その言葉が、信じられないほど嬉しかった。

あの時の創真さんの言葉があったから、おれは今も絵を描き続けることができている。

顔合わせを終えて宿泊中のホテルに戻り、適当に夕飯を済ませてから、習慣でスケッチブックを構えた。けれど創真さんのことが頭の中を占めて結局手は動かなかった。

胸が苦しい。たった一日、しかも数時間一緒にいただけなのに、気持ちが創真さんに向けて大きく傾いている。

あの後ラウンジに戻ると、創真さんは次回のデートについて提案してくれた。

「上野公園に行きませんか？　あそこなら美術館や博物館もあるし、自然も多い。観光地でもあるし、きっと湊さんに楽しんでもらえるはずです」

おれの好きなものを考慮してくれたことが嬉しかった。迷わず同意し、日時と時間を決めた後、最後に結家さんが、おれたちのスマホにそれぞれの連絡先を登録し、三人のメッセージグループを作った。

「連絡は積極的に取り合ってください。次回のデートに私は同行いたしませんが、どんなことでも気軽に頼っていただければ幸いです」

結家さんが今後の説明をしている最中、創真さんの視線が時折おれに向けられることに、いちいちどぎまぎした。

次に会うのは一週間後。それがとても待ち遠しい。

性急すぎる感情の変化に戸惑いがないわけではない。それにこんな風に、また誰かを好きになることができる自分自身に驚いてすらいた。

創真さんが元恋人との破局の末にＥＮの登録を決めたように、おれが登録を決めた理由にも、以前の恋の破局が影響している。

その人とは大学の頃からの付き合いで、結婚の約束も交わしていた。

別れたのは今年の年明けのことだから、まだ一年も経っていない。

彼の家族は保守的で、長男という立場もあり、おれのことを親に説明するのが難しいと言った。就職した企業も少し堅い雰囲気で、同性婚を軽んじているのを肌で感じていたらしい。そういった困難を、一緒に乗り越えようと言ってほしかった。けれど、そもそもの考えに相違があることを知り、別れを切り出した。

その際、つい口論になった。お互いの駄目な所を指摘し合い、傷つけた。

下手くそな別れ話は、他人にとっては娯楽のようなものだ。それを外出先でしたものだから、運悪く同僚に見られてしまった。

本当に自分のうかつさを何度呪ったか解らない。こじれた喧嘩の内容をからかわれ、噂が広まり、おれが同性愛者だと知ってよそよそしくなる人もいた。穏やかな職場は居心地の悪い場所へと変貌し、いつしか辞職を考えるようになった。

救いだったのは、その頃から絵の依頼が増えはじめたことだ。

大学の絵画サークルで親しくなった先輩がデザイナーをしており、デザインにおれの絵を使いたいと声を掛けてくれたのがきっかけだった。

描いている間は嫌なことを忘れていられる。だけど漠然と、「ずっとこのままなのだろうか」という閉塞感に、心がどんどんすり減っていた。

そんな状況を先輩に打ち明けた際、話題に上ったのがENだった。

政府公式と謳(うた)っているなら、真剣に結婚を目指す人たちが集まっているはずだ。

人生を変えたいと思った。その希望に駆られての登録だった。

だから「運命の伴侶」に選ばれた時、目に見えない何かに、小気味よく背中を押された気がして、思いきって一歩を踏み出すことにした。

この選択がどう転ぶのか……改めて自分の行動を振り返っていると、スマホが小さく震えた。

『今日は湊さんと会えて本当に嬉しかったです。来週会えるのが楽しみです』

創真さんからのメッセージに、胸の中がふわりと温かくなる。

ENが導き出した運命の人は、優しくてカッコよくて、出会えたことが奇跡みたいな相手だった。明け透けな発言には少し驚いたけれど、おれとの結婚をきちんと考えてくれている証拠かもしれない。それにキスは少しもイヤじゃなかった。

ふいに感触を思い出し、唇を人さし指の関節で軽く撫でる。

もしあの人と結婚したら、あんなキスを沢山してくれるのだろうか……。

そんな未来を想像すると不安は遠ざかり、期待で胸が熱くなった。

翌日から、創真さんとメッセージのやり取りがはじまった。

朝は『おはようございます』からはじまり、『これから仕事です』『湊さんに早く会いたいな』などと、こまめに伝えてくれる。

夜は時間が取りやすいのか、他愛のないやり取りが長く続くこともあった。

文面は手短、けれど気遣いに溢れた内容。優しい人となりが伝わる応酬が楽しくて、どんどんのめり込んでいった。

互いのことを知るやりとりもした。例えば創真さんの出自や家族構成についてだ。

彼は長男で妹さんが一人いる。父親はベルギー人で植物学者をしており、ものすごい親日家らしい。創真さんのお母さんとの結婚を機に日本で暮らそうと考えていたそうだが、縁あって、今はカナダの大学で教鞭を取っているのだと言う。

そのため幼い頃は海外で過ごしたが、日本と違い何かと物騒だから、という両親の方針で、兄妹だけ日本に移住し、お爺さんのもとで暮らしているらしい。

おれも金沢の大学に進学したのをきっかけに、そちらで暮らすようになったことや、お世話になっている先輩のことなどを伝えた。

家族についても少しだけ打ち明けた。詳しく説明しようにも、どこから話すべきか迷い、「父とあまり仲が良くない」とだけ書いた。

創真さんは『親との関係って難しいですよね』と、親身に受け止めてくれた。

心のこもったメッセージを交わすうちに、惹かれる気持ちはさらに大きくなっていて、いつしか寝ても覚めても、創真さんのことばかり考えるようになった。

そして迎えたデート当日。

その日は十一月の平均気温より少し温かい、過ごしやすい日だった。

よく晴れた外出日和。それだけでも浮かれてしまいそうなのに、待ち合わせの場所に創真さんの姿を見つけた途端、嬉しさが跳ね上がった。

公園に続く階段。その脇で彼は、薄手のロングコートを着こなし、少し気だるげに立っている。その姿は名のある俳優みたいに様になっていて、通りすがりの女性たちが、わざわざ振り返ったりしている。

ただし何か問題でも起きているのか、険しい表情でスマホを見ているのが気になった。

声を掛けるのを一瞬躊躇(ためら)う。しかし程なくして創真さんがおれに気づいて、ぱっと表情を明るくする。

「湊さん！　すみません、気づきませんでした」

先日と変わらぬ笑顔で駆け寄ってくる彼に、ホッとする。

「こんにちは」と頭を下げると、創真さんは朗らかな態度で応じてくれた。

「一週間ぶりに会えて嬉しいです。待ち合わせの場所、解りづらくなかったですか？」

「大丈夫です……もしかして、待たせてしまいましたか？」

まだ約束の十分前だ。創真さんはもっと早くからいたのだろう。

するとと「あー……」と言葉を探し、諦めたように苦笑する。

「実は楽しみすぎて、早く着いてしまいました」

照れくさそうに後ろ頭を掻く。その仕草と言葉に、早くも胸が熱くなった。

「外の散策がメインになりそうだから、この一週間、天気予報ばかり気にしていました。どうせなら、湊さんと青空の下でデートしたくて」

嬉しいことを続けざまに言われて、浮き足立ってしまいそうになる。

今日散策する上野公園のことは、「都心にある大きな公園」という程度の知識しかなかった。なので実際に訪れてみて、その広大さに驚く。

いわれのある神社などの歴史的な建造物が点在し、かと思えば博物館や美術館などもある。噴水や広場なども壮麗で、ただ歩いているだけでわくわくした。

行き交う人々も様々だ。観光客や家族連れ、カップルもいれば、一人でのんびり散策を楽しむ人もいる。学習授業らしき小学生の行列が通りすぎたかと思うと、道端で大道芸人がジャグリングを披露(ひろう)していたりもする。その賑やかさに目を奪われた。

「ここは桜の名所で、あとはイチョウや、ムクノキなんかが多いですね」

創真さんは紅葉しはじめた木について解説してくれた。青空の下、黄色や赤に染まった葉はとても鮮やかで美しい。

「おれ、黄金色になったイチョウが好きで、よく絵のモチーフにするんですよ」

「俺も好きです。そうだ、都内に『首かけイチョウ』っていう木があるんですけど」

少し怖い名前に思わず瞬くと、創真さんは可笑しそうに微笑む。

「その昔、伐採されそうになったところを、ある人物が体を張って止めた、っていう由来がある木なんです。もしよければ次のデートで、一緒に見に行きませんか？」

早くも次の約束をしてくれたことが嬉しくて、おれは大きく頷いた。

「それじゃあ、今日はどこに行きましょうか？　湊さんは何が見たいですか？」

公園内のマップを前に創真さんが促す。

美術館と博物館の企画展示について下調べをしたものの、あまり興味を惹かれず決めかねていた。ただ並んで歩くだけでも十分楽しいかもしれない。

そんなことを考えながら眺めたマップの一区画に目が止まる。

「あの……動物園て、本当にこの公園の中にあるんですか？」

ニュースなどで時折見かける、パンダで有名な動物園。石川では動物園は街から少し離れた場所にある。それがこんな都会の真ん中に……と不思議に思っていた。

「ええ。昔、家族で行ったことがあるけど、結構広いし、見ごたえがありますよ」

確かに、マップを見る限り敷地はなかなか広そうだ。

「湊さんは動物、好きですか？」

「はい。でも動物園には、うんと小さい頃、母と一緒に行ったきりです」

「じゃあ、行ってみます？」

その提案に好奇心が疼いたが、今日はデートだ。創真さんも楽しめる、もっとふさわしい場所にすべきではないだろうか。

しかしおれの本心をくみ取ったように、創真さんは続ける。

「俺、動物って結構好きなんです。それに湊さんとなら、どこだって楽しいと思うな」

その言葉に心を鷲掴みにされ、それならばと、初デートは動物園になった。

少し子供っぽいかな、という気恥ずかしさは、散策するうちに晴れていった。

天気や気温に恵まれたせいか、どの動物もダイナミックに動き回っていたし、春に生まれた様々な動物の赤ちゃんが、可愛らしい仕草や表情で心を和ませてくれた。

実際に見るのが初めての動物も多かった。パンダはもちろんのこと、鮮やかな毛色の猿や鳥に、不思議な模様の爬虫類（はちゅうるい）。中でも一番興味を惹かれたのはハシビロコウだ。

恐竜を思わせる顔立ちと目。じっとこちらを見つめながら、微動だにしない立ち姿。迫力があってカッコいい。なんとなく創真さんぽいな、という印象を受けた。

最初はおればかりが楽しんでいたらどうしようと思っていた。けれど創真さんも意外と本気で楽しんでいて、触れ合いコーナーに突入するも、年齢制限に引っかかって悲しそうに戻ってきたりもした。

前に会った時は大人っぽくて紳士的なところを素敵だなと思ったけれど、親しみやすい一面はさらに魅力的で、知れば知るほど気持ちが膨れ上がっていく。

少し疲れを感じはじめた頃、創真さんが「休憩しませんか」と提案してくれた。

オープンカフェのテーブル席で待つように言われて、こんなに楽しくていいのだろうかと信じられない思いがした。夢心地で眺めた池の水面もやけにキラキラと輝いている。

すると急いで戻ってきた創真さんが、コーヒーを差し出す。

「熱いので気をつけてくださいね」と向けられた微笑みが、どこまでも優しい。

その上創真さんは、「これ、よかったら」と言って、買ったばかりと思われるストラップを手渡してくれた。小さな木の板にデフォルメされたハシビロコウが描かれている。

「出かけた先でよく、ストラップとかキーホルダーを買うんです。思い出にもなるし。これは今日の記念に貰ってください。俺も買ったのでお揃いです」

そう言って、創真さんも同じものを見せてくれる。

「妹にはよくダサいって言われるので、湊さんも貰っても困るかもしれませんが……」

「すごく嬉しいです」

早速スマホに取り付ける。お揃い、しかもハシビロコウを選んだのは、おれが熱心に見ていたことに気づいてくれたからに違いなかった。細やかな配慮に感動していると、創真さんが小さく首を傾げる。

「そういえば、湊さんは兄弟はいますか？」

「はい。ええと……」

どう答えるか迷う。結局おれの事情を打ち明けるには、まず家庭環境について説明しなければならない。これから深く付き合うだろう相手に、いつまでも隠し続けるのも変だ。

「あの……少し、込み入った話になるんですが、いいでしょうか？」

前置きすると、創真さんはむしろ歓迎するように「もちろんです」と頷く。

「おれ、小さい頃は、母と二人で暮らしていたんです。母は父と教育方針が合わないという理由で、結婚せずにおれを育ててくれました。だけど十二歳の時に母が病気で亡くなって、父に引き取られることになって。その時には父には家庭があったので、半分血のつながった弟が二人います」

こういう話は敬遠されると思ったが、創真さんは意外にもさらに踏み込んできた。

「引き取られたというのはご実家に？　確か芳条家は、京都に立派なお屋敷があるんでしたっけ？　ということは湊さんもそこで育ったんですか？」

創真さんの言う通り、芳条家の本宅は京都にある。歴史的にも価値があるという邸宅は、引き取られた当初、迷子になりかけたほど広い。

やけに詳しいなと不思議に思ったけれど、仕事関係の誰かから、噂話でも聞いたのかもしれない。頷くと、創真さんは感嘆の声を上げた。

「芳条グループともなると色々と違うんでしょうね。著名人も輩出されてますし、すごい人と知り合えたりしそうですね」

そう言われても、おれは詳しくは知らないし関わりもない。大学進学と同時に金沢に引っ越して以来、実家には殆ど帰っていない。

「湊さんのお父様も、芳条グループの重役なんですよね？　具体的にどんなお仕事を？」

結婚前提なのだから、相手の家庭環境を知っておきたい気持ちは理解できる。けれど、父親との関係が希薄なことは、以前伝えたはずだ。今の話を聞いた上で踏み込んだ質問をしてくることに、違和感を抱いた。

「色々と手がけている、ということしか分かりません」

本当にその程度のことしか解らない。俯くと、創真さんは一瞬黙る。

「すみません。いずれ挨拶に伺うこともあるかと思って、先走った質問をしてしまいました」

結婚するならそんな日も来るだろう。でも、さすがに性急過ぎる気がした。

困惑しながら顔を上げると、創真さんは相変わらず優しげな笑顔を浮かべている。

その時初めて、この笑顔は本心なのだろうかと疑いを持った。

結婚への熱意、おれに対する気遣いと好意的な態度。嬉しい言葉もたくさんくれる。一緒にいて楽しいし、結婚相手としてこれ以上ない相手だ。

同時にでき過ぎている、とも思う。これがENのシステムの成せる業なのだとしても、あまりにも都合が良すぎないだろうか。

「気分を悪くさせたなら謝ります。でも結婚前提という以上、大事な話だと思っています。湊さんとは良い関係を築いていきたいですし」

おれ自身もそう思う。せっかく出会えた運命の人だし、この関係を大切に育みたい。それにまだお互い知らないことのほうが多い。これから時間を掛けて知っていけば、違和感の原因も解るかもしれない……。頷くと、創真さんは安堵したように息を吐いた。

「そろそろお昼ですね。お腹空きませんか？　近くにいい店があるんです」

創真さんの提案に乗り、動物園を出て、大きな池に沿って歩きはじめた。

するとしばらくして前方に、目を引く集団を見つけた。中央に立つ人物に向けてカメラ等の機材を構える人々。その様子を眺める人たちにまぎれ、おれたちも足を止める。

どうやらテレビの撮影のようだ。ニュースかと思ったけれど、少し雰囲気が違う。

「なんの撮影でしょうね？」

しかし創真さんの返答がない。見上げると、強ばった表情で撮影クルーを凝視している。心配になり声を掛けようとすると、「一旦休憩入りまーす」という声が響いた。

その途端、創真さんがおれの手を掴み、足早に来た道を戻りはじめる。

「すみません、道を間違いました」

只ならぬ雰囲気と、ぐんぐん進むスピードに困惑したその時だった。

「羽瀬さん、羽瀬さんじゃないですか！」

撮影集団から抜け出した男性が、手を振りながらこちらに駆けてくる。呼び止められた創真さんは、小さく舌打ちをした。

「こんなところで会うなんて偶然ですね。今日はお休みですか？」

気さくに話かけてくるその人を最近テレビで見た記憶がある。確か二十五歳という若さで観葉植物を扱うベンチャー企業を立ち上げた人物で、名前は安曇流（あずみりゅう）と言ったはずだ。

彼の祖父が有名な巨匠ミステリー作家なことや、ＡＩを駆使して植物の管理や流通を行う経営スタイルが話題になっていたけれど、仕事内容を含め、服装やヘアスタイルなど、創真さんを意識して寄せている気がしてならない。

創真さんは含みを感じる声音で「休みですが何か？」と応じた。

「いいなぁ。俺なんて最近、忙しすぎて全然休みがとれないんです。今もテレビの撮影中で……ほら、前に羽瀬さんが出てた知学系番組。あれのレギュラー出演をもらっちゃって。ありがたい話ですけど、羽瀬さんみたいにゆっくり休みたいなぁ」

創真さんは笑顔で応じているが、眉を微かに震わせ実に不愉快そうだ。

当然だ。今の安曇の発言は、おれからしても遠回しな自慢に聞こえる。

しかし安曇は無邪気さを装って話し続ける。

「そういえば今年から、六本木の商業施設のクリスマスイベントを担当することになったんです。昨年まで、羽瀬さんが担当してましたよね？」

「してたけど、それが何か？」

「ツリーを卸してもらう取引先とどうやって懇意にしてたんですか？　あそこの社長が、俺の企画には手を貸せないって言い出して困ってるんです。話が全く通じなくて」

　創真さんは眉を寄せる。ただ純粋に怪訝(けげん)そうな様子だった。

「こんなこと言うとアレだけど、あの社長高齢者だし、考えが古くさいじゃないですか。しかもことあるごとに羽瀬さんの名前を出してくるし。だから羽瀬さんから俺のこと、後押ししてもらえないかなって。もちろんお礼は弾みますよ」

　困っているのは事実なのだとしても、別の言い方があるだろう。創真さんも不快に思ったのか、そっけなく答えた。

「俺は今年は担当を外されてるし、無関係の人間が介入するのは筋違いだ。それより、ちゃんと取引先と話し合ったほうがいいんじゃないかな？」

「それができないから困ってるんです。お願いします、協力してくれたらうちの仕事、少し回しますよ」

「あいにく、こっちも忙しいんで」

　軽くあしらわれたことに気分を害したのだろう。安曇は少し声を荒げて言い返す。

「忙しいって、羽瀬さん一昨日の合コンで『仕事がなくて暇』ってぼやいてたらしいじゃないですか。しかもその日、女の子を三人持ち帰ったんですよね？」

一昨日の合コンで女の子を三人……。衝撃的な情報に、ぎこちなく創真さんを見上げると、彼もまたぎこちなく顔を背ける。

「合コンをしてたメンバーと知り合いなんです。羽瀬さん、酔っぱらって色々喋ってたみたいですね。元カノに振られて酔った勢いでＥＮに登録したとか、そこで出会った相手が大企業の御曹司(おんぞうし)で、男相手に結婚する気はないけどコネが欲しいから誑(たぶら)かしてるとか。そんな努力しなくても、俺の仕事を手伝ってくれたほうが絶対メリットあるのにな～」

「安曇くん、少し黙ってくれないかな？」

「ていうか羽瀬さん、今日はなんでいつものヤンキー口調じゃないんですか？　なんか猫かぶってるっていうか……あ！　もしかして、今まさに誑かしてる最中だったりして？」

面白がるようにおれたちを眺める安曇を前に、創真さんは無言で目を覆った。

そりゃそうだ。一番バレてはいけない相手の前で、全部暴露(ばくろ)されてしまったのだから。

そうこうしているうちに撮影クルーが安曇を呼ぶ。安曇は「どうも、おじゃましました！」と言い残して嵐のように去っていく。

それを見送りながら、おれは内心激しく動揺していた。

創真さんは出会ったときからずっと優しくて紳士的だった。だけど、何か変だなという違和感もあった。

安曇が言ったことが事実なら、創真さんの元恋人は女性で、女の子を三人も持ち帰っている。本人からはっきり聞いたわけではないし、おれにアプローチする態度から疑問に思わずにいたけれど、男相手に、という言葉を踏まえると異性愛者なのだろう。

ENの登録時に恋愛対象の設定もするが、性別を限定せずに幅広く出会いを求めることもできる。自分の意思か、それとも酔った勢いで選択し忘れたのか……。

そして「仕事のために誑かしている大企業の御曹司」とは、おれのことに違いない。

つまり創真さんは、そもそも同性であるおれを好きになんてならないし、コネクションが欲しいだけで結婚をする気もない、ということになる。

それってまるで、結婚詐欺師じゃないか。

衝撃的な結論にたどり着き、どっと汗をかきながら、じりじりと創真さんから離れる。

「……湊さん、落ち着いてください。今の話には誤解が多く含まれています」

創真さんも明らかに動揺しているのに落ち着いても何もない。失態を犯したことを自覚しながら、どうにか取り繕おうとしているらしい。

「どう誤解なんですか？」

興味本位で訊ねると、彼は真剣に考え込む。そして閃いたように顔を上げて言った。

「合コンには行きましたが、実際に連れ出した女の子は二人です！」

「人数は関係ないでしょう！」

心の叫びをそのまま口に出すと、創真さんはさらに取り繕おうとする。

「あの時は酔っていたので！　俺は酒に弱くて、飲むといかがわしいことは一切できない体質なんです！」

まだ言うか。往生際の悪さに呆れてしまう。

「だから何だって言うんですか？　男は恋愛対象じゃないのに、おれに気があるふりをしたことや、騙して仕事のコネクションを得ようとしたことは事実なんでしょう？」

図星なのか創真さんはついに黙った。ということは、やはりそれが真実なのだろう。

「信じられない。最低だ……！」

呆然と呟くと、創真さんは観念した様子で、ぐしゃりと前髪をかきむしった。

「あー……クソ！　こんなつまんねーことでバレるか普通！」

盛大なため息と共に悪態を吐(つ)く、その口調や表情は、今までとは別人のようにガラが悪い。目論見(もくろみ)が失敗したことをくやしがり、悪びれもしない。その様子を目の当たりにして、ようやく怒りが湧き上がった。

「こんなことして……謝罪くらい、したらどうなんですか？」

しかし創真さんは、呆れたように嘲笑(あざわら)う。

「逆に聞きたいんだけど、機械が選んだだけの関係によくのめり込めるな？　おまけに

ちょっと口説いただけで本気になるとか、チョロすぎだろ」

豹変ぶりに唖然とする。優しくて紳士的な姿はもうそこにはない。

おれは今まで一体何を見ていたのだろう。全部虚構だったのか？

なんにせよ、いとも簡単に心を揺さぶられた自分がくやしかった。

創真さんはもう取り繕う必要はないとばかりに一息つくと、スマホを取り出す。

「こうなった以上茶番は終わりだな。俺がＥＮの登録を消せば文句ねえだろ。ほら」

躊躇いもなく画面を操作し、あっという間に自分の登録を抹消する。

「登録するのはすげぇ面倒くさかったのに、解約は一瞬だな」

「アカウント消去完了」という画面を見せつけながら、創真さんは軽薄そうに笑う。

これまでのやり取り全てが、彼にとってただの手段でしかなかったことを思い知り、胸が潰れそうに痛んだ。

「結婚詐欺って……馬鹿げてる。あなたにプライドはないんですか？」

哀しみと怒りをないまぜに問い詰めると、創真さんは薄笑いを引っ込めた。

「おまえに、俺の何が解るんだよ」

その声の低さに、創真さんの怒りが急速に膨れ上がるのを感じた。苛立ちを隠しもせずに、はっきりとおれを敵と見なして詰め寄ってくる。

「『運命の伴侶』なんてもんを馬鹿正直に信じて田舎から出てくる時点で、頭ん中お花畑すぎだろ。そんな苦労知らずの恵まれたやつに何が解る。俺に言わせりゃ、『運命』なんてものは全部、ただの後付けの自己都合だ」

かつて「運命」という言葉で、おれの絵を褒めてくれたはずの人が、頭ごなしに運命を否定したことが信じられない。非難の目を向けると、彼は「なんだよ」と少し身構える。

「じゃああなたは、これまでの人生の中で一度も、運命を感じたことはないんですか？　人生の転機になるような出来事も、偶然幸運に出会ったことも？　ふと巡り合ったすごく素敵なものとかも全部、ただの後付けの自己都合だと？」

おれの質問に無言で目を逸らす。きっと何か思い当たる節があるのだろう。

彼は今、ただおれを傷つけるために、ＥＮや「運命の伴侶」を貶めた。その幼稚さに、がっかりする。

同時に何もかも嘘だったとしても、彼にも一つだけ真実があることに気づいていた。

ＥＮには、恋人に振られた勢いで登録したと言っていた。

たとえそれすらも嘘だとしても、ＥＮの登録にはかなりの労力を要する。複雑な設問の数々は、詐欺目的で登録するには時間も手間もかかりすぎるし、個人情報も把握される。

それに、都合よく後ろ盾のありそうな相手とマッチングできるとは限らない。

つまり登録した結果、何の因果かおれと結びつき、騙そうとした、というのが正しい。

「創真さんだって、寂しかったからＥＮに登録したくせに」

登録自体は自らの意思だったはずだ。その気持ちの根底は、おれと同じではないのか。

指摘すると、創真さんは気色ばむ。

「はぁ？　なにを根拠に……」

「おれは大切な人に出会いたかったからＥＮに登録しました。あなたもそうなら、おれをバカにするのはおかしいと思います」

創真さんは何か言いたげに、けれど言葉が見つからないのか黙り込む。

「それから、芳条という名前に期待したみたいですけど、おれはあなたに何かをあげられるような立場ではありません。家や父とのつながりも希薄だし、著名な人との橋渡しもできない。残念ながら、あなたが体を張ってしたことは全部、無駄な努力です」

あの家の中でおれは異端だった。愛情を受けた記憶もほとんどない。継母や弟たちと家族らしく過ごしたこともない。いないも同然の存在だった。そのうえ最近では、父には迷惑ばかり掛けられている。

そんなおれに何かを期待した時点で、創真さんの目論見は失敗していた。

同性愛者のふりをしてまで取り入ろうとした無駄な労力に、ほんの少し溜飲を下げながら、同時に自分が結局何も手に入れられないことが哀しかった。

きっと創真さんは、家族や友人に当たり前に愛されている。だからおれの必死さなど解らない。そもそも理解する必要もないから、こんな傲慢なことができるのだ。

恵まれている？　どちらが？　怒りで唇が小さく震えた。

「……おれは、プログラムが選んだ関係だとしても、あなたが『運命の伴侶』だと聞いて嬉しかったし、いい関係が築けたらと思った。だから本気で歩み寄ろうとした……でも、おれの独りよがりでしたね」

理想的な姿に目がくらんで、本質を見抜けなかった自分が悪いと言われれば、その通りだ。だけど誰かと一緒に生きたいと縋った希望を、この人は踏みにじった。

心を開いた自分の愚かさが憎い。簡単に絆されたことが情けない。

きっとメッセージのやり取りをしながら、画面の向こう側で笑っていたに違いない。

全部嘘だった。そう思うとくやしくて、涙がこぼれた。

創真さんが驚いたように瞬く。何か言いたげに口を開くのを見て、おれは素早く踵（きびす）を返した。

「このご縁はなかったということで。さようなら」

別れを告げて歩き出す。一刻も早くこの場を離れたかった。創真さんごと自分の愚かさを振り切りたくて、歩くスピードがどんどん上がっていった。

その後、結家さんに事のあらましを伝えると、事態は思った以上に深刻だったらしく、迅速な対応が取られた。

まず結家さんに深謝された。今回の場合、創真さんが詐欺目的だったかどうかを判断できたのは、おれ自身かもしくは顔合わせに立ち会った結家さんだけだ。

コンシェルジュとして創真さんの思惑や人間性を見抜けなかったことを、結家さんは激しく悔やんでいた。

創真さんは重大な規約違反者として、厳重に対処されるらしい。まだ四例目の「運命の伴侶」が詐欺目的だったとなると、ENの今後の運用方法や、沽券（こけん）にも関わるのだろう。

誠心誠意の対応をしてもらったし、おれとしては当初の目的通り、ENを通して結婚相手を探したい。

ただしこの事態の検証が終わるまで、おれのアカウントも一次停止状態にせざるを得ないのだという。

ぽっかりと空いた時間に肩透かしを食らった気分だが、それならばと気持ちを切り替えて、今のうちに家や仕事を探すことにした。

上京した時は、付き合う相手の生活圏にアクセスしやすい場所ならいいな、などと浮ついたことを考えていたが、もうその必要はない。

登録だけ済ませておいた求人情報サイトに紹介依頼を申請し、賃貸情報を検索する。

しかし噂には聞いていたけれど、都会の家賃相場は恐ろしかった。

やはり下宿にしようと決めたのは、金額もさることながら、かつて広い実家の片隅で一人で過ごした記憶が、苦痛として残っていたからだ。

大学進学の際、金沢に移住したのも、実家から出たかったという点が大きい。反対する父を説き伏せるには「母が通っていた大学に通いたい」という理由を持ち出すしかなかった。目論見は成功し、寮に入ることを条件に許可を得た。

どうやらおれは、誰かと共同で暮らすほうが落ち着く性分らしく、寮生活は驚くほど快適だった。だから卒業後も社会人向けの下宿で暮らし、今回はカプセルホテルを選んだ。

幸い東京には下宿やシェアハウスが多いため、創真さんとの一件から一週間後には、新居のシェアハウスに移ることが決まった。

仮住まいをしていたカプセルホテルを出て、スーツケース一つに収まる身軽な荷物と共に電車に乗り込む。移動は電車を乗り継いで三十分程らしい。

そこそこ込み合った電車内の騒めきに包まれながら、スマホを眺めると、画面に求人情報サイトの通知が表示されていた。

期待を込めて目を通し、すぐに落胆の息を吐く。

東京は都会だし間口が広いと思っていたが、時期のせいか希望の職種が見当たらない。図書館や書店など本に関わる仕事がしたいのに、無関係な求人ばかりが届き続けている。

じりじりと込み上げてくる焦りを押し殺す。それより今日のところは、新居のことを優先して考えよう。新しい同居人たちと仲良くやっていきたいし、環境にも早く慣れたい。

不安と期待を織り交ぜながら、電車の揺れにただ身を任せていた。

幾つか目の駅で電車が止まり、行き来する人の流れを目で追う。なぜかいつまでたっても、開いた扉が閉まらない。

何かがおかしいと感じはじめた時、車内にアナウンスが流れた。

『緊急停止信号を受信しました。原因解明まで、いましばらくお待ちください』

アナウンスの声は緊迫しており、乗客たちもざわつきはじめる。どうしたらいいか分からずに待機していると駅員がやってきて、車内に向けて呼びかけた。

「この電車は運転を見合わせます。詳しい情報が入り次第、駅構内にてお知らせします」

誰もが困惑しつつ電車を降りる。流れに従って歩き、駅員に誘導されるがまま駅の改札口に向かう。するとそこにも大勢の人が困惑を露（あらわ）に立ち尽くしていた。

『現在システム障害により、運転を見合わせております。復旧の目処は立っていません』

モニターに映る路線図を見ると、運転見合わせ区間がかなり広範囲にわたり赤くなっており、アナウンスが繰り返される毎に、構内に絶望感が広がっていく。

すぐ横を歩いていた学生達が「バスなら行けるかな？」「別の駅から乗り換えるしかないかも」と話しているのを耳にして、おれは地図アプリを立ち上げた。

東京の路線は複雑だが、経路が豊富だし、駅と駅の距離が意外と近い。歩いて別路線の電車に乗れば、目的地までたどり着けるかもしれない。

ルートを確認すると、バスが一番簡単そうだ。しかし皆考えることは同じなのか、バスターミナルには、既に怯むほどの長蛇の列ができていた。おまけに道路上でもなんらかの交通障害が起きているらしく、大幅に遅延しているのだという。

タクシー乗り場も同じ状況だったので、腹を決めて別路線の駅まで歩くことにした。距離的には歩けない程ではない。ただし今日は土曜日で人出が多い。おれと同じく歩く選択をした人も多いのか、歩道もひどく混雑していた。

人混みに圧倒されつつ歩き出す。すると近くでガシャン、と何かが割れる音がした。目を向けると、歩道の隅で若い女性が困った様子で屈みこんでいた。

「大丈夫ですか？」

見過ごせず声を掛けると、助けを求めるように振り返る。彼女はかなりの大荷物を抱えていた。カートに段ボール箱が積まれていて、その一つが地面に落ちてしまったようだ。倒れた箱を起こそうと奮闘していたが、カートに載った箱も不安定で、転げ落ちそうになっている。

咄嗟に押さえると、「ありがとうございます！」と、感謝の言葉が返ってきた。

「手伝います」

「いいんですか？　じゃあその荷物、ちょっとだけ押さえててもらえますか？」

立ち上がるとすらりと背が高い人だった。綺麗な顔立ちで色素の薄い髪と目。一見大人っぽいが、喋り方のニュアンスから同年代かもしれないという印象を受けた。

　てきぱきと箱を持ち上げ、段ボールの上に積み直す。手早く固定用のベルトを結び直し、箱を覗き込んで残念そうな声を上げた。

「ああ……やっぱり、割れちゃった」

　箱の中には見慣れない肉厚な植物と、割れた植木鉢、零れた土が確認できた。

「これはその、大丈夫なんでしょうか？」

「鉢はダメだけど、早めに植え替えれば問題ないです。多肉植物って根性あるから」

　明るい口調に、ホッと胸を撫で下ろす。

「それにあなたが助けてくれたから、被害も少なくてすんだし」

「よかった。それにしてもすごい量ですね」

　女性一人で運ぶにはかなりの大荷物だ。もし他の箱も同じように植木鉢で埋め尽くされているなら、重さも相当なものだろう。

「これでも少ないほうなんです。とはいえ、甘く見て電車で来て失敗したなー。まさかこんなことになるなんて……」

　彼女は困惑気味に周囲を見回す。この大荷物では移動もままならないだろう。

「これからどうするんですか？」

「家族が迎えに来てくれるので待機します。お兄さんは、どこに行く予定ですか？」

「ええと……」

駅の名前がうろ覚えだったので、調べようとスマホを取り出す。

すると、視界にハシビロコウのストラップが入り込んで、どきりとした。

創真さんからもらったそれを、まだ外していなかったことに今頃気づく。

一瞬気を取られながら目的の駅名を読み上げると、彼女は「少し距離がありますね、それに道混んでるし」と心配そうに眉尻を下げた。

「十分歩ける距離なので、なんとかなると思います」

それにいつ復旧するか解らない電車を待つより、きっと早い。

それじゃあ、と挨拶をすると、彼女は「本当にありがとう！　気をつけて」と大きく手を振った。

しかし歩き出してすぐに、事態が思っていたほど甘くないことに気づいた。

歩くことを選択した人がさらに増えつつあるのか、道はどこまでも混雑している。

それに東京の道路は真っすぐではなく、混雑を避けて脇道に入ると、いつのまにか方向が解らなくなっている。入り組んでいて、通り抜けができない道も多い。

ずいぶん迷ったが、一時間程歩いてなんとか目的の駅にたどり着くことができた。

しかしそこもまた、人で溢れていた。

こちらでもシステム障害が起きたのかと身構えたが、近くで何かイベントがあったらしく、入場規制がかかっているのだという。

さすがに心が折れかけた時、スマホに着信が入った。

それは入居予定のシェアハウスの管理人からで、「退去するはずの住人が、出ていくのを渋っているので、しばらく入居を延期してほしい」というものだった。

今まさに向かっていることを伝えたが、トラブルの真っ最中なのか、背後で言い争う声が聞こえる。忙しなく一方的に用件だけを告げて、通話は終わってしまった。

しばらく衝撃に立ち尽くしていたが、こうなると移動はやめて、今日泊まる場所を確保しなければならない。

急いで近くのホテルを検索するも、イベントのせいか、ネットカフェを含め、ほとんどの部屋が埋まっている。空室もあるにはあるが、どれも目が飛び出しそうな値段のものばかりだ。

気づけば日が傾きはじめている。心細さを感じた。こういうとき、知り合いがいない環境というのは辛い。

結家さんに連絡をとってみようかとも思ったけれど、もう「運命の伴侶」ではない以上、おれの担当コンシェルジュではない。頼られても迷惑だろう。

とりあえず少し休憩しよう。辺りを見回し、座りやすそうな花壇の縁に腰掛ける。

その時、スマホが小さく震えた。見ると父の秘書からのメールだった。

冷めた気持ちで目を通す。内容はいつもの様子窺いだ。でも今日に限って、最後に

「困ったことがあれば、すぐにご連絡を」と一文が添えてある。

あまりにもタイムリーな内容に、思わず見張られているのだろうかと辺りを見回す。

気のせいだと思いたいけれど、東京に来てからメールの頻度(ひんど)が増えている気がする。

上京することを知っているのは先輩だけだし、先輩はおれの事情を汲んでくれているので、父に伝えるはずがない。あとは新幹線で隣に座った人の好さそうな男性と軽く世間話をしたくらいだ。知っているはずがない。しかし父は昔から、いつのまにかおれの行動を把握していたり、管理しようとした。

最近ではおれの絵に利用価値を見いだしたのか、企画展を芳条グループ主導で進めたいと頻繁(ひんぱん)に打診してくる。これもそのための甘言だとしたら、頼ったが最後、見返りに何を要求されるか解らない。

人の弱みにつけ込むのが上手い。半ば感心しながら画面をオフにした時、ストラップが手に触れた。

なんとなくつけっぱなしにしていたが、改めてこれを認識してしまうと、思い浮かぶのは創真さんのことだ。素敵な人だと思ったのに、まさか結婚詐欺師だったなんて。

これまでの人生でも「芳条」という名前に期待されることはあった。同級生からは羨ましがられたし、元恋人にも多少は興味を持たれていた気がする。

でもおれは、本当に何もしてあげられない。

おれを引き取らないのは外聞が悪い。だからあの家に置かれていただけ。父からも、愛情を向けられた記憶はない。

期待される前に「実家とは、ほぼ関係を絶っています」と言えば良かったのだろうか。

それに創真さんは、仕事の伝手が得られたとして、何がしたかったんだろう……。

安曇流に代わり、メディアに返り咲きたいのだろうか。何にせよ、騙そうとしたことは許せない。それなのになぜか気になってしまう。

「……外そう」

自分に言い聞かせるように呟きながら、ストラップに手を伸ばした時だった。

突然隣に黒い影が舞い降りた。それは大きなカラスで、都会で暮らしているせいか、やけに人慣れしている。

驚いた弾みで取り落としたスマホに、カラスは興味を示した。奪い返そうと手を伸ばすと鋭く鳴いておれを威嚇し、首を傾げながら嘴でつつきはじめる。

「こ、こら！　やめて……！」

決死の覚悟で払いのけようとすると、カラスが驚いて飛び跳ねる。その拍子に鉤爪にストラップの紐が絡みついてしまった。カラスも違和感を感じたのだろう。盛大に暴れながら、ばさりと飛び立っていく……。

まさかそんな。カラスにスマホを取られるだなんて！

衝撃を受けながらも、咄嗟に後を追って走り出す。

カラスはスマホの重さに苦労している様子だった。低空飛行を続け、近くにあった大きな公園にたどり着くと、耐えかねたように空中でひと暴れした。

そのはずみで鉤爪からスマホが外れ、自由を得たカラスは飛び去っていく。

それを横目で見ながら、おれは落ち葉の上に落下したスマホに急いで駆け寄る。

よかった、壊れてない……！　安堵でその場にへたり込みそうになる。

思わぬアクシデントに疲労感が増した。今日何度目かのため息を吐いた時、自分の足下に、黄金色の落ち葉の絨毯が広がっていることに気づいた。

視界の端にはらはらと、黄色い物が舞い落ちてくる。

見上げると、目の前に大きなイチョウの木がそびえ立っていた。その巨木は、空に向けて枝葉を大きく広げている。視界が金色に染まると、ほんの一瞬心が晴れた。

昔から木を見上げるのが好きだった。いつだって、悩みを優しく受け止めてくれるような気がする。夕暮れに染まりかけた空の色と相まって、とてつもなく綺麗だ。幻想的な光景に、自然と気持ちが落ち着いていく。

これだけ立派なら、名のあるものなんじゃないだろうか。周囲を見回すと木の根元に由来書きの看板があった。そこに「首かけイチョウ」という名前を見つけて、息を呑む。

創真さんが連れていってくれると約束した名木だ。

確かに見ごたえがある。堂々とした佇まいに、改めて感嘆の息を吐く。

創真さんがこの木を素晴らしいと言ったことには、嘘や偽りはなかったのだろう。

おれが見ていた創真さんは嘘の存在だった。けれど二人で過ごした短い時間の中に、ほんの一欠片、真実も含まれていたのかもしれない。そう思うと心が切なく痛んだ。

こういう時、無性に絵が描きたくなる。言葉にできない感情を絵筆に乗せて、思いきりキャンバスに落とし込みたい。だけど今はまだ作業できる場所がない。せめてこの光景を、気持ちごと目に焼き付けておこう……。

構図を変えようと後ろに下がる。すると、縁石の段差に足を取られた。

足首を捻ってしまい、後ろ向きにバランスを崩す。転ぶ、と衝撃に身構えたが、誰かの手が力強く、背後からおれを支えた。

しっかりと抱き留められる感覚に、ホッとする。偶然近くにいた人だろうか。急いで駆けつけてきてくれたのか、息が弾んでいる。

「あ……ありがとうございます」

なんて親切な人だろう。お礼を伝えると頭上から聞き覚えのある声がした。

「木を見上げる時は、足下に気をつけろって言っただろ」

言い回しは違うけど、どこかで聞いた台詞だ。まさかと思って恐る恐る見上げると、もの言いたげな表情でおれを支えているのは、外でもない創真さんだった。

「な、なんでっ……！」

驚き、急いで距離をとろうとした時、捻った足首の痛みにまたよろめく。そのはずみで改めて抱き留められる格好になった。創真さんだと知ってしまえば、支える腕の感触に体が強ばる。そんなおれを、彼はむっとした表情のままその場に立たせてくれた。

「おまえこそ、ここで何してる」

その口調や態度に、別れ際の嫌な気持ちがじわじわと蘇ってきた。

お礼は伝えたのだし早く立ち去ろう。歩き出すと足首が思いの外痛んだが、この場を離れたい一心で少し離れたところに置き去りにしていたスーツケースを取りに向かう。すると創真さんが足早に前方に回り込んできた。

「目的地は？」

なぜそんなことを訊くのだろう。警戒を露に身構えると「送ってやるよ」と言う。

困惑しながら「結構です」と突っぱねたが、彼は引き下がらない。

「いいから、場所どこ？」

どこと言われても、目的地はなくなってしまったし、そもそも、この人に教えるつもりはない。答えずにいると彼は小さく息を吐き、訊き方を変えた。

「泊まってたホテルってこの辺じゃないだろ。歩いて戻るつもりか？」

そんなことを覚えているだなんて思わなかった。今度こそ、どう言えばいいのか言葉を探していると、怪訝に思ったのだろう。

「おまえもしかして、今日泊まるとこないの？」

言い当てられて狼狽えたのがいけなかった。「なんで？　カプセルホテルは？」とさらに問われて辟易(へきえき)する。

こんな問答を続けることに意味はない。それより、今夜寒さをしのげる場所を探すほうが重要だ。

「放っておいてください」

痛む足を庇いながら振り切るように歩き出す。創真さんも、さすがにもう何も言わなかった。

これで本当にさよならだ。そう思ったのに。

彼は再び足早に行く手を遮ると、突然ひょいと、おれを肩に担ぎ上げた。

「わっ！」

体が浮く感覚が怖くて手足をばたつかせると、「暴れるな」と忠告された。

そしてそのまま くるりと方向を変え、おれのスーツケースを片手に引いて歩き出す。

ちょっとした荷物を運ぶような軽々しさだ。しかも。

「今日はうちに泊めてやる」と、さらに驚くべきことを言う。

「な、なに……なんで？　やめてください、結構です！」

「暴れんなって言ってんだろ。落ちるぞ」

「むしろ落としてください！」

「可愛くねえな。足痛いんだろ、おとなしくしてろ」

こちらの話を聞かずにどんどん進んで行く。その強引さにカッとなった。

「こんなことして、今度は何が目的なんですか？　そもそも結婚詐欺師の世話になんかなるつもりはありません！」

はっきり拒絶したのにも拘わらず、創真さんは歩みを止めない。それどころかおれを担ぐ手に力を込めて歩く速度を上げた。

なんなんだこの人、横暴過ぎる！　いっそ大声を上げて人を呼ぼうか、そう思った途端、いきなりアスファルトの上に降ろされた。

「目的なんてないし詐欺師じゃない。俺だってこんなつもりじゃなかったんだ！」

創真さんは真正面から訴えるが、この期に及んでそんな言い訳をする性根を疑う。

「騙そうとしたくせに、何が違うって言うんですか？」

「仕事のためにおまえの家の後ろ盾がほしかったのは事実だ。その気にさせるのが一番てっとり早いから誑かそうとしたけど、もっとうまくやるつもりだった」

うまくやるというのが「うまく騙す」ということなら、酷いことには変わらない。

非難の目を向けると、創真さんは畳み掛けるように続ける。

「だけどおまえと話してるうちになんていうか、そっちがまんざらじゃないなら、結婚してやってもいいかな、くらいに考えてたところに、運悪く安曇が来てだな……」

「それ、謝罪のつもりですか？　それともおれをバカにしてます？」

腹立たしさに低い声で問い詰めると、創真さんは「そうじゃなくて…」と頭を抱える。

「とにかく！　あんな風に泣かすつもりはなかったんだ。本当にごめん」

意外にも真っすぐな謝罪をされて戸惑う。とはいえ、今更何を言われても身勝手な言い訳にしか聞こえないし、事情に同情もできない。

「別にもういいです。二度と関わらないでくれたらそれで結構なので」

自分でも驚くほど冷たい声で言い放つと、創真さんは小さく「解った」と呟く。

ようやく言葉が通じたようだ。だがホッとした次の瞬間、創真さんは背後に停まっていた車の後部座席の扉を開け、中におれを押し込んだ。

「明日から関わらないから、とりあえず今日は乗れ。どうせ行くとこないんだろ」

「あ、明日って……！　嫌だって言ってるじゃないですか！　大体どうしてあなたが…」

押し問答をしていたら、助手席からこちらを窺っている女性と目が合う。

それは先程、植木鉢の箱と格闘していた、あの人に違いなかった。どうして彼女がここに。呆気に取られているうちに、おれにスーツケースを押し付けて創真さんは扉を閉めてしまう。そして自分は運転席に座ると、何も言わずにエンジンを掛けた。

「ねえ、大丈夫?」

女性に訊ねられて、不安にさせまいと一応頷く。すると彼女は創真さんを睨み付けた。

「ちょっとお兄ちゃん、乱暴すぎじゃない?」

「お、お兄さん?」

「そう。これが兄。私は妹の由衣。家族が迎えに来るって言ったでしょ? それがこれ」

創真さんを指さして説明する様子には、遠慮がない。

「今日、あなたに助けてもらったことを話したら、知り合いだって言いはじめて、お兄ちゃんそれからずっとあなたのこと探してたんだよ」

それ。とおれが握りしめていたスマホを指さし、次に運転席のミラーを示す。

そこには、ハシビロコウのストラップがぶらさがっていた。

「同じのつけてる人だったって言ったら、血相変えちゃって」

「由衣、おまえちょっと黙ってろ」

強めの口調だが、彼女にとって創真さんの横暴な態度は、いつものことなのだろう。

「え? 何? 違った?」と、あっけらかんと応じる由衣さんを、ぼう然と眺める。

なんであのストラップを使ってるんだ……というのは、おれにも言えることだけれど。

それにしても探した? 創真さんがおれを?

どうして、という疑問は、不機嫌な横顔を前に声にすることはできなかった。

車に乗せられ、たどり着いたのは閑静な住宅街にある一軒家だった。

駐車スペースから玄関までの敷地は広く、母屋と思われる家屋の裏にもいくつか建物が見える。懐かしい印象の二階建ての日本家屋、その玄関には、ほっとする暖かな色の灯がついていた。

「とりあえず、羽瀬家にようこそ！」

由衣さんに明るく促され車を降りようとして、足首の痛さに躊躇う。歩けないほどじゃないけれど、冷やしたほうがいいかもしれない。そんなことを考えていると創真さんが近づいてきて、軽々とおれを横抱きにした。その体勢のまま車から下ろし、運ばれる。

「ちょっと、あの、歩けます！　ていうかやめて……！」

「いいから、遠慮するな」

別に遠慮しているわけじゃない。話の通じなさと慣れない浮遊感にわなわなしているうちに、家の居間まで連れてこられて、ようやく座布団の上に下ろされた。

文句を言おうか迷っていると、どこからか忙しない足音が聞こえた。気配を窺っていると、少し開いた襖の間から、黒い小柄な柴犬が弾丸のように飛び出してきた。

来客が嬉しいのか力いっぱいじゃれつかれ、勢いに負けて畳の上に寝転がる。顔を高速で舐めてくるのを宥めるが、上手くいかない。

さらにもう一匹、白い小猫が駆けてきて、意気揚々とおれの体をよじ登りはじめる。可愛いけどくすぐったい！　困ってじたばたしていると、由衣さんが言った。

「あらー、気に入られちゃったね！　柴がチョコ、猫がラテっていうんだよ」

なすがままのおれを見かねたのか、創真さんが二匹をやんわりと遠ざけた。

「コートと靴脱いで、足出して」

片手に持った救急箱。治療してくれるつもりらしいが、言い方が気に入らない。

「自分でやります」

貸してと手を伸ばす。しかし創真さんは無視しておれの前に膝を突いた。勝手にズボンの裾を引き上げて、素早く靴と靴下を脱がす。無遠慮な行動に面食らったが、患部を探るように触れる指先は、意外にも優しい。

その指がそっと踝（くるぶし）を撫でた。軽い痛みに目を向けると少し腫れている。

「軽い捻挫だな。舐めてると後引くぞ」

慣れた手つきで湿布を貼り、「風呂入った後取り換えな」と予備の分を手渡した後、おれの靴やコートを預かってくれる。

由衣さんは手早くコートを脱ぐと台所に立ち、創真さんに声を掛ける。

「ご飯食べようか。おじいちゃん呼んできて」

「匂いに釣られて勝手に来るだろ」

「またそんなこと言う！　おじいちゃん～、ご飯たべよ～！」

由衣さんが奥の部屋に向けて声を張り上げると、少し間を置いて、一人の老人が現れた。白髪混じりの髪。むすりとした顔の造形が、どこか創真さんに似ている。二人の祖父のようだが歩みも体つきもしっかりしていて、若々しい印象を受ける。

お爺さんは見ず知らずのおれを見ても、特別驚いたりはしなかった。それどころか、「創真の知り合いか？　カレーでも食べていきな」と、すすめてくれた。

いいのだろうか。戸惑っている間に、創真さんが水やらコップやらを食卓の上に並べはじめる。それは四人分あって、おれの前にも当たり前に置かれた。

「こいつ俺の知り合い。今日うちに泊めるから」

創真さんの言葉にお爺さんは「おう」と答える。

家に人を泊めるのって、もっとハードルが高いものだと思っていた。他人がいてもあまり気にしない性質なのか、普段から来客の多い家なのか。とにかく驚くほど軽い承諾だ。

「そういや、今日は電車が謎のしすてむえらあ、とかでえらいことになったらしいな」

お爺さんの質問に、トレイにたくさんのお皿を載せた由衣さんが答える。

「そう。それで困ってる時にこの人が助けてくれたの。ええと、名前は……」

そういえば、名乗っていなかった。

「芳条湊と言います」

「じゃあ、湊くんだね。何歳？」

「二十三です」

「へ〜。私の一個上だ。おじいちゃんのカレー美味しいから、たくさん食べてね」

由衣さんは笑顔で、大盛りのカレーを渡してくれた。

料理はもう作ってあったのだろう。サラダやスープなどが次から次に運ばれてきて、あっという間に四人分の食卓が整った。

そして「いただきます」という声を合図に、各々が食べはじめる。

突然よその夕食にお邪魔してしまったことに気後れしていると、お爺さんが「腹減ってないのか？　若いもんは遠慮せず食え」と促す。

そういえば、ホテルを出る前に菓子パンを食べてから何も口にしていない。空腹を自覚し、ありがたくいただくと、とても美味しいカレーだった。大学の寮や下宿先の食堂で出たような、家庭の味がする料理。東京に出てきてから初めての、ほっとする味だ。

しみじみと感動を噛みしめていると、お爺さんが訊ねた。

「それで、湊は創真とどういう知り合いだ？」

なんて言おうか。創真さんに目を向けると、何か言いたげな視線が返ってきた。「余計なことは言うな」と訴えているのかもしれない。

そんなやり取りに由衣さんが気づいて、怪訝そうに眉を寄せる。

「もしかして、お兄ちゃんにカツアゲとかされた？」

カツアゲはされてないけど、騙されそうになりました。とはもちろん言えない。

「金沢から出てきたばかりの時に……偶然、知り合いました」

適度に濁すと、二人は感嘆の声を上げる。

「金沢！　いいな、私行ったことない」

「のどぐろとおでんが美味いし、地酒も美味い、良い街だよな」

二人は金沢に興味を持ってくれたようで、そこから会話が広がっていく。

気持ちの良い人たちで、話していると朗らかな気分になる。チョコとラテが隙あらば、人懐っこくじゃれてくるのも愛しい。

賑やかで楽しい雰囲気だ。創真さんは随分と家庭環境に恵まれているらしい。

それがどうして結婚詐欺など企てたのか……盗み見ていると、彼は黙々と食べ終えるなり立ち上がる。そして「食べ終わったら二階に来い」とおれに言い残して姿を消した。

「湊くん、お兄ちゃんあんな感じだけど、怒ってるわけじゃないからね」

兄の横暴な態度を見かねて、由衣さんが必死にフォローする。

「昔ヤンキーだったし、ちょっとガラ悪いし、さっきも随分乱暴だったけど、基本優しいから。チョコとラテを拾ってきたのもお兄ちゃんなんだよ。名前を付けたのは私だけど……だって、煮汁と牛乳ってつけようとするから」

「ど、どうしてそんな名前を？」

由衣さんとお爺さんは顔を見合わせて笑った。

「それがね、うちに連れてきた時、チョコは洗ったら水が真っ黒になって、ラテはすごい勢いでミルクを飲んだからって自信満々に言うんだよ。ネーミングセンスなさすぎ！」

「オレがその名前で呼んだら、近所に虐待だって思われるだろって、必死に止めたなぁ」

確かに名付けのセンスは壊滅的だ。でも捨て猫や犬を保護して、世話をする優しさのある人だということを意外に思った。

「それにここだけの話、多分お兄ちゃん、湊くんのこと先週くらいから探してたみたい。なんか、ムスビ……さん？　ていう人に電話してたのを聞いたことあるんだ」

結家さんに？　どうして？　なんのために探していたんだろう。

気になって仕方がなくて、食事を終えてすぐに二階に向かった。

階段を登った先に廊下があり、いくつかの部屋が見えた。二階は洋風の造りになっている。もしかしたらリフォームされているのかもしれない。

気配のする方に向かうと右側の部屋の扉が開いていて、そこに創真さんがいた。手際よく布団を敷いている。声を掛けようとした時、創真さんと目が合う。

「あー……この部屋、空いてるから好きに使って。布団しかないんだけどいいか？」

おれのために準備していたことに驚きながら頷くと、掛け布団や枕なども丁寧にセットしてくれる。

「トイレと風呂はあっちで、一階の玄関の左側にも風呂とトイレがある。じーちゃんと由衣は一階で寝起きしてる。二階は俺しかいないから気兼ねしなくていい。なんかあったら誰にでもいいからすぐに言え。着替えは？」

「スーツケースの中に……」と言うと、いつの間に運び込んだのか、部屋の入り口にそっと置いてある。先ほど預かってくれたコートも、きちんとハンガーに掛けられている。

なぜこれほどもてなしてくれるのか、皆目見当（かいもく）がつかない。

態度や口調は豹変して以来ガラが悪いままだ。けれど、おれを騙していた時よりも親身になってくれているように感じる。困惑していると、創真さんが「あのさ」と呟く。

「今更言っても遅いだろうけど、おまえの本気を踏みにじったこと、悪かったと思ってる。ヤケになってひどいことも言った。本当にごめん」

また謝った。しかも今度は頭まで下げるので、何も言えなくなる。

「うちに連れてきたのは、恩を着せてどうこうってわけじゃない。あんな状況でほっとけなかったし、償い的なやつなんで、受け入れてくれたらそれでいいから」

それだけ言うと、創真さんは居心地が悪そうに部屋を出ていく。

立ち去る直前、ふと何かを思い出したように振り返る。

「そういや、結家に連絡したか？　多分心配してると思うぞ」

結家さんが？　半信半疑でコートのポケットからスマホを取り出すと、いつの間にかメッセージや着信履歴が大量に残っていた。もう「運命の伴侶」ではないからと遠慮していたけれど、気に掛けてくれていたのだろう。それを嬉しく思った。

「もしかして、結家さんに何か言われて、おれを探していたんですか？」

それならありうる気もしたが、ＥＮのコンシェルジュである結家さんが、規約違反を犯した創真さんを、おれに接触させようとするだろうか？

創真さんが「違う」と呟く。

「じゃあどうして？　おれにまだ何か用があるんですか？」

創真さんは「用っていうか……」と、言い淀みながら目を逸らす。

「泣かせただろ。それを謝りたかっただけだ」

態度や口調から嘘偽りではないと感じる。どうやら本気で、おれが泣いたことを気に病んでいたらしい。

泣きたくなるような裏切りをしたのは創真さんだ。それに謝られたからといって、簡単に不信感は消えない……だけど。

繊細な一面もあるのだなと、思ってしまう。家族とのやりとりも「詐欺師」という人物像からかけ離れている。だからよけいに、だったらなんで、という憤りが湧いた。

「謝るくらいなら、最初からあんなことしなければよかったのに」

行き場のない気持ちを吐き出すと、創真さんは強ばった表情のまま「だよな。ごめん」と受け入れた。今度こそ立ち去ろうとする背中を呼び止める。

「だけど……泊めてくれて助かりました。湿布も、ありがとうございます」

お礼を言うと、振り返る表情が、ほんの少し和らいだように見えた。


その日は疲れていたこともあり、シャワーを浴びてすぐに寝てしまった。

おかげで翌朝六時頃に目が覚めた。もう一眠りしようかと思ったけれど、階下から生活音が聞こえる。身支度を整えて一階に下りると、リビングで器用にテレビと新聞を同時に見ていたお爺さんがおれに気づいた。

「よぉ、湊は早起きだな」

挨拶をすると、キッチンから由衣さんも「おはよう」と声を掛けてくれた。

「皆さんも、早起きですね」

「うちはいつもこんな感じ。お兄ちゃんは結構、起きてくる時間ばらばらだけど」

見るとおれの分を含め、四人分の朝食を作ってくれているようだ。

「手伝いましょうか？」

「いいの？　じゃあ、チョコとラテにごはんあげてもらえると助かる」

チョコとラテはキッチンの端っこで、自分たちのお皿を前に、じっと待機していた。

チョコのお皿にドッグフードを盛ろうとした途端、ラテが「自分のが先」とばかりに腕に飛び乗ってパンチを繰り出す。それならと、ラテのご飯を先に用意しようとすると、チョコがラテのお皿の上に乗って邪魔をする。一体どうしたらいいんだ……。

途方に暮れていると、大きな手が軽々とチョコとラテを抱き上げた。

見ると創真さんで、「今のうちにやれ」と促される。

急いでそれぞれの皿にごはんを用意して床に並べる。それを見計らい、創真さんが手を離すと、二匹は勢いよくご飯を食べはじめた。

ほっとするおれをよそに、創真さんが二匹の耳の付け根を、柔らかい手つきで撫でる。

今起きてきたばかりといった姿は力が抜けきっていた。盛大に寝癖のついた髪に、部屋着のスウェット。取り繕っていた時とはまるで別人だ。

だけど、これはこれで妙に様になっているのが憎らしい。

しかも二匹に向けて「ちゃんと食えよー」と愛情のこもった声で語りかける。

前に「動物が好き」と言っていたことも、嘘ではないのだろう。

時折、本当の創真さんが見え隠れしていたのだなと、複雑な気持ちになった。

「湊、おまえ足は？」

突然呼び捨てられたことに驚いて反応できずにいると、もう一度問われた。

「足痛いの治ったかって訊いてんだけど？」

湿布を貼って寝たのが良かったのか、もう殆ど痛みはない。

「大丈夫みたいです……あの、ありがとうございました。昼までには出ていくので……」

「行く宛あんのか？　確か土地勘もなけりゃ、知り合いもいないんじゃなかったっけ」

妙に通る声で訊ねるので、会話を耳にしたお爺さんと由衣さんが心配そうに振り返る。

「だったらしばらくここにいりゃあいいだろう。うちは別にかまわねえぜ」

「そうだよ。こっちに出てきたばかりで不安でしょ？　それがいいよ！」

善意に溢れた提案を断るほどの確固たる理由がない。曖昧に頷くと、創真さんは満足そうに微笑む。もしかして上手く乗せられたのだろうか……？

「じゃあ決まりだな。あとで商店街に行くから、一緒に来いよ」

「え？　なぜ……ですか？」

「だって、暇だろ？」

さも不思議そうに問い返されるが、暇だからといって、なぜこの人と一緒に出かけなければならないのだろう。

腑に落ちなかったけれど、なんとなく断りきれず、一緒に出かけることになった。

家を出る前に、創真さんは羽瀬家の敷地を案内してくれた。

最初に訪れたのはグラスハウスで、ガラス張りの建物の中に、商品の植木がずらりと並ぶ様は圧巻だった。珍しい形の葉や幹。まるで異国の森のようだ。

「ここが店舗兼、植木の保管場所で、向こうの建物はガレージになってる。十時を過ぎたらパートのおばちゃんたちが来て、水やりとか手伝ってくれる。運搬業者とか、買い付けの依頼客も出入りするから、知らない人がいても驚かなくていい」

植木店の運営は主にお爺さんと由衣さんの仕事で、仕入を創真さんが担当している。

将来的には、子供の頃から一途に由衣さんに愛情を注ぎ続ける「健二郎くん」という四歳年下の彼氏さんが入り婿予定で、植木店を継ぐことになっているらしい。

説明と案内を終えると、創真さんはおれを連れて家を出た。

並んで歩くのは少し気まずい。一歩後ろを行こうとしたが、創真さんはなぜかおれの速度に合わせて歩みを遅める。今更気遣わなくていいのにと、少しもやもやする。

仕方がなしに並んで歩くと、程なくしてレトロな看板を掲げた商店街に到着した。

金木犀(きんもくせい)商店街という名前の、どこか懐かしさを感じる街並み。開店して間もない時間帯なのに、程よく賑わっている。

創真さんは迷いなく進み、商店街の外れの美容室の前で、おもむろに足を止めた。

お洒落(しゃれ)さとレトロさを兼ね備えた外観の店の名は「ヘアーサロン矢野(やの)」というらしい。

扉には「準備中」の札がかかっている。にも拘わらず創真さんは、躊躇うことなくドアを開けた。

「まだ開店前なんですけどー」

そう咎める声は、この状況に慣れているようだ。床にモップを掛けていた男性が、ため息交じりに創真さんをねめつけるが、当の本人は怪訝そうに首を傾げる。

「はぁ？　この間、営業中に来んなってキレてただろうが」

「あんときは田島のばーちゃんのパーマあてでた真っ最中だったからだよ」

仲が良いのか悪いのか、口論を始める二人を少し離れて見ていると、矢野と呼ばれた男性がおれに気づいて「だれ？」と首を傾げた。

「知り合い。湊、こいつは友達の矢野だ。美容師をやってる。ところで矢野、なんか良い仕事ないか？」

「仕事？　なんで？」

「湊が仕事を探してる……だよな？」

そうだけど、なぜ知っているんだろう。答えずにいると、矢野さんはおれに興味を持ったのか真剣な表情で近づいてきて、頭の先から足下までまんべんなく眺めた。

「この子、ホストに向いてるかも。かなりの原石かもしれない……」

予想外の職業に驚いた。矢野さんはニヤリと笑って右手を握手の形で差し出す。

「はじめまして。ねぇ君、元歌舞伎町ナンバーワンの俺が、手取り足取りプロデュースするから、一緒に頂点目指してみない？」

怪しい勧誘だ。創真さんが結婚詐欺師なら、その友達も怪しい。類は友を呼ぶのかと引いていると、創真さんが遮った。

「どう見てもホストってタイプじゃねーだろ。適当なこと言うな」

自分でも向いているとは思えない。けれど矢野さんは真面目に答えた。

「本当だって。この子素材がいいし頭良さそうじゃん。ホストクラブってさ、客は非日常を求めて来るけど、全部虚構だとお客は冷めるんだよ。だから『もしかしたら近くにいるかもしれない』ってリアリティが大事なの。それに優等生とか紳士タイプって結構根強い人気なんだぞ……って、この間おまえにも説明しただろ」

創真さんはばつが悪そうに顔を背ける。その様子を見るに、おれを誑かそうと猫をかぶっていた時の対応は、おそらく矢野さんから伝授されたホストの技だったのだ。

思わずじとりとした視線を送っていると、矢野さんが「ちょっと失礼」と言って、おれの前髪を軽く押し上げた。

「今もキレイ系で似合ってるけど、短めの髪形も垢抜けると思うんだよな。ほら」

創真さんは半信半疑といった表情で覗き込む。

「へぇ……ほんとだ。目の形が綺麗だから髪短いと映えるな。可愛いかも」

顔が近すぎる。驚いて息を止めると、さらに矢野さんが「この辺をもっとこうして～」と髪を玩ぶ。

この人たち、距離感がおかしい。遠慮がないのは完全に陽キャのノリだ。

しかも創真さんが可愛いだなんて言うから、心臓が煩い。

堪らず眉を寄せると、創真さんが強引に矢野さんを引きはがした。

「悪いけどホストはダメだ。なんか普通の、デスクワーク系の昼職希望」

「俺は職安じゃねーんだよ。一応お客さんに聞いてみるけどさ」

創真さんは「頼む」と言ってヘアサロンを後にし、次に商店街のいくつかの店舗で買い物をした。知り合いが多いようで、創真さんは店に寄る度に誰かに声を掛けられた。

気さくに応じ、創真さんからも「そういや膝痛いの治った？」だとか「おばあちゃんの調子はどう？」などと声を掛ける。親身な訊き方が心を掴むのか、問われた側は嬉しそうに応じる。その様子は和やかで、創真さんを取り巻く環境を純粋に羨ましく感じた。

訪れたどの店先にも、クリスマスの飾りつけがしてある。

そろそろクリスマスのイベントが近いと教えてくれたのは、青果店の店長だった。

五十代くらいの男性は、商店街の組合長でもあり、様々なイベントに力を注いでいるが、クリスマスだけがいまひとつ集客につながらず、頭を悩ませているという。

創真さんが商店街を訪れたのは、食材や日用品を購入するためには違いないだろうが、同時に、商店街のどこに何があるのかを、おれに教えてくれているようだった。

慣れない場所で、少しでも過ごしやすいと感じられるように。これもまたこの人なりの気遣いなのだとしたら、基本的に悪人ではないのだろう。

商店街を出てすぐの所にある施設に気づいたのは、帰り道のことだ。

二階建ての立派な建物の前に広場があり、子供たちが楽しげに遊んでいる。

それを見守る人物に向けて、創真さんが「先生」と声を掛けた。すると白髪交じりの男性が、やぁ、と手を挙げてこちらに歩み寄ってきた。

「創真くん、久しぶり。帰国してたんだね」

先生と呼ばれたその人は、ニコニコと穏やかな笑顔で応じた。

「最近仕事はどうだい？　あまり無茶してないといいんだけど」

「ぼちぼちです。先生こそ、お元気ですか」

「そこそこね。ただ最近、急に人が辞めちゃって少し忙しいかな。バイトも募集してるんだけど、なかなか決まらなくて」

柔和そうな男性は、聞けば創真さんが中学生の頃の地理の先生なのだと言う。

教師業は数年前に定年で引退し、今は児童館の館長を務めているそうだ。

「創真くん、もしよければ今度また『お話し会』をやってくれないかな」

創真さんに似つかわしくない響きを不思議に思っていると、先生は得意げに言った。

「創真くんは海外の仕事で色々な経験をしていてね、アマゾンの奥地を一週間さ迷ったり、サバンナでカバに追いかけられたり、アクション映画さながらのサバイバルな経験談を語ってくれるから、子供たちに大人気なんだよ」

九死に一生を得すぎている気がするが、当の本人は「体が丈夫で運が良かっただけなんで」と、何でもないことのように言う。

そういえばテレビに出演した時、体が資本の仕事だと言っていた。

出向く先によっては危険もあるだろう。数々の修羅場をくぐり抜けてきたフィジカルモンスターならば、おれを軽々と担ぎ上げた腕力にも納得がいく。

「創真くんの話は分かりやすいし、安全な対応策も教えてくれるから、児童はもちろんのこと、保護者の方からも人気が高いんだ。次はきちんと依頼料を出すよ」

「いつも通りボランティアでやらせてください。改めて打ち合わせに来ますね」

それじゃあ、と会釈(えしゃく)をして歩き出す。仕事で困っていると言うわりに、ボランティアを引き受けたことが意外だった。盗み見ていると、ふいに目が合う。

「バイト募集してるってよ。話つけてやろうか？」

「……その前に、どうしておれが仕事を探してるって、解ったんですか？」

退職したことは伝えていない。結家さんには報告済みだが、あの人は個人情報をうかつに漏らすような人ではない。

創真さんは観念したように目を逸らす。

「昨日コートを預かった時にポケットからスマホが滑り出てきて、画面が少し見えた」

届いていた求人の通知を見られたなら、言い逃れはできない。

おそらく創真さんの中で、おれは「運命の伴侶」に期待して、仕事も住んでいたところも抛ってきた能天気な人間、というイメージが固まりつつあるはずだ。

「笑えばいいじゃないですか、考えなしの浅はかな世間知らずだって」

今更どう思われても構わない。慎重さが足りなかったのは事実だし、その揚げ句騙されたのだから自分でもバカだなと思う。だけど創真さんは、ただ静かに首を横に振った。

「あの時は嫌な言い方したけど、おまえのことは本気ですげーと思ってるよ」

遠回しな侮蔑だろうかと身構えたが、彼は真面目な顔で続ける。

「俺にはそんな度胸はないし、ENを信用してなかった。そのうえ『運命の伴侶』を自分の都合のために使った。でもおまえは人生を賭けて、そんなちっこい体一つで来たんだ。覚悟があったんだろう」

殊勝な言葉に面食らう。しかし「ちっこい」と言われたのは遺憾だった。

「一応身長は百六十六以上あるので。四捨五入すると百七十なので。ちっこくないです」

高いほうではないが、際だって小さくもない。反論すると、創真さんは口を尖らせた。

「嘘つけ。昨日担いだとき、もっとちっこかったぞ。それに軽いし……もしかして、こっちに出てきてからまともに飯食ってないとかじゃねえだろうな？」

「嘘じゃないしちゃんと食べてます！　あなたがでかすぎるだけでしょう。というかあんな担ぎ方、人さらいのゴリラじゃないんだから、やめたほうがいいですよ」

思わず言い返すと、創真さんも聞き捨てならないとばかりに目を見開く。

「おい、こんなイケメンのゴリラいるわけねえだろ訂正しろ！　てかおまえ、意外と生意気だな。大人しいタイプだと思ってたのに、結構な跳ねっ返りっつうか……」

「あなたに言われたくないですけど。もっと大人っぽくて素敵な人だと思ってました」

「ああ？　今も十分大人で素敵だろうが。おまえこそ真っ赤になってほわほわ～って、可愛い反応してたくせに！」

「そっちこそ、紳士ぶって歯の浮くような台詞を言いまくってたくせに！」

痛いところを指摘し合うが、身に覚えがありすぎて、グサグサと突き刺さる。

不毛な応酬にダメージを受けたおれたちは、互いに浅い呼吸を繰り返すことになった。

「やめようぜ。これ以上互いに傷つけ合うのは……！」

「そ、そうですね……でもおれ、本当に百六十六以上あるので」

「俺もゴリラじゃねーからな」

お互い譲れない部分は押さえ、一応和解を成立させた。

「……ていうか、仕事のことだけどさ」

「その件についてもちゃんと考えてます。ただ時期のせいか、希望の求人がなくて……」

口にする言葉全てが言い訳のようで恥ずかしくなる。住むところが定まっていない状況も含め、不安があった。でもそれを創真さんに言っても仕方がない。

「すみません。今の聞き流してください」

「失業保険とか出るんじゃねえの？　時期が悪いなら、バイトしながら、ゆっくり探すとかさ」

「あ……そうか」

　焦りから、そんな制度や道筋があることを失念していた。

「おまえまだ若いんだし、しばらく好きなことをして過ごしてもいいと思うけど」

　言われてみれば貯金もあるし、アルバイトで食いつなげば、今すぐ路頭に迷うことはない。何気ないアドバイスのおかげで、少し焦りが和らいだ。

「旅行に行くのもおすすめだな。海外も、仕事がないうちなら行き放題だぞ」

　行きたいと何度も考えたことがある。海外も、色々な風景をこの目で見て、海外のアートに直に触れてみたくて、英語を勉強し、アートカレッジへの留学を計画した。けれど。

「事情があって……少し難しいんです」

　父が強い拒否反応を示したことの一つに、おれの海外渡航がある。

　阻止の手段ときたらめちゃくちゃで、航空会社に手を回され、飛行機のチケットを勝手にキャンセルされたりもした。

　どうにか話し合い、父が用意した留学先ならばと許可を得たこともあるが、蓋を開けてみれば、スイスの名門総合大学への編入という、意図しない内容だった。

それ以外は認めないと応じてくれず、ならばと一人で企てた旅行も、全て決行前にあの手この手で阻止された。

創真さんはそんな事情を、金銭的な問題だと受け取ったのだろう。

「なんならうちでバイトするか？　そのまま住み込んでもかまわないし、他にも何か困ってるなら力になるけど」

親切なことを言うので、言葉に詰まる。

「大丈夫です。一応引っ越し先も決まってるので……連絡もそろそろ来るはずですし」

創真さんは「あっそう」と言いながら、少しつまらなさそうにおれを追い越していく。

その背中を眺めながら「好きなことをして過ごす」という言葉を反芻する。考えるまでもなく頭に浮かぶのは絵を描くことだ。

帰宅後すぐに、金沢にいる先輩に連絡を取った。忙しいだろうかと懸念したが、意外にも二コール目で応じてくれた。しかも。

『湊、連絡待ってたぞ。東京はどうだ？　変な奴に騙されてないか？』

開口一番、痛いところを突かれて、苦笑してしまう。

大学の絵画サークルで知り合ってから懇意にしている先輩は、金沢でフリーのグラフィックデザイナーをしている。一昨年、名のある賞を取って以来、様々な企業からひっきりなしに声がかかっているようだ。

そんな先輩が今年の春頃、おれの絵をある企業のイメージポスターに起用したことで、世界が少しずつ広がりはじめた。

「先輩、絵の依頼って、何か来てますか？」

『どうしても「スズイシ奏(カナデ)」に頼みたいって案件を三つ預かってる』

「スズイシ奏」というのは、おれのアーティストネームだ。

ＳＮＳを立ち上げた際、旧姓の鈴伊(すずい)という苗字と湊という字を、カタカナを交えて組み合わせた名前を使うことにした。まだ絵だけで食べていける程安定してはいないけれど、それなりに好評を呼び、先輩やＳＮＳを通して、毎月依頼が来る程度にはなっている。

『少しは落ち着いたのか？』

「まだ落ち着いた、と言えるほどではないんですが……」

『じゃあまず、描く場所を確保したほうがいいな。アトリエとまではいかなくても、キャンバスを広げても文句を言われないような場所は？』

「探します」

即答すると先輩は、『いい返事だ』と喜んでくれた。

『依頼は期限を設けてないから急がなくて良い。内容だけあとでメールしとく。それと……残念な報告もある。ロンドンでの個展がダメになった』

それは、おれの絵を気に入ってくれたロンドン在住のコーディネーターが持ちかけてきた企画で、小規模だが、アーティストにとっての登竜門と言われているギャラリーでの開催を予定していた。

しかし準備を始めて間もなく、ギャラリーのダブルブッキングで、おれの展示が後回しにされるトラブルが起きた。一度ならまだしもそれが三度も続き、さすがにおかしいと疑いを持った時、芳条グループが運営する広告代理店から「うちならもっと大掛かりな企画展を開催できる」と提案された。

示し合わせたようなタイミングだったので、父の指示で何かしたのかとカマを掛ければ、案の定言葉を濁した。どう考えても無関係ではないことは明白だった。

『ついこの間、広告代理店のやつらが訪ねてきて、絵を貸し出すよう湊を説得してくれと来たもんだ。当然追い返したけど、陰湿なやり口だな』

父は本格的に、おれの絵に目をつけはじめている。おれの意思を無視して事を進め、反発すると先回りして阻止する。最近増えている秘書からのメールを踏まえると、今後さらに介入がエスカレートする可能性が高い。先輩が状況を理解してくれているのが、唯一の救いだ。

「迷惑を掛けて申し訳ないんですが、父の思惑には乗りたくないです」

『解ってる。迷惑なんて一ミリもかかってないから気にするな。おまえの絵も、うちで預かっている限り絶対に好きにさせない』

おれは先輩に感謝を伝えて、最優先で絵を描く環境を整えることに決めた。

父に屈しないためには、とにかく自分の絵を描き続けるしかない。

シェアハウスでは共用スペースを好きに使えるらしいが、管理人からはまだ連絡がない。

創真さんにはああ言ったけれど、いつ移れるか解らない状況で待つよりも、別の引っ越し先を探したほうがいいかもしれない。

もしくはレンタルスペースか何かで、アトリエを借りることはできないだろうか。

考えながら一階に下りると、創真さんが縁側で、チョコとラテを二匹同時にあやしているのを発見した。

この件に関しては、地域の情報に通じている創真さんに訊いたほうが早い。

「創真さん」

思いきって声を掛けると、ぱっと振り返る。その表情が少しだけ期待に満ちているように見えるのは気のせいだろうか。

「教えてほしいことがあるんですが……」

「何？」と問う瞳も、まるでおれが何か言い出すのを待っていたみたいだ。

「絵を描きたいんですが、どこか場所を借りることはできないでしょうか。狭くていいんです。レンタルスペースみたいなところがあれば……」

創真さんは一瞬考えた後、二匹をその場に残し「ついてきて」とおれを手招いた。

玄関から外に出て、家の裏に建つガレージに向かう。

入り口付近には、植木店の仕事で使う機材や資材などが置かれているが、奥まった所にぽっかりと人が憩えるスペースがあった。微かに溶き油の香りが漂う、窓からの日差しが明るい場所に、ストーブと木製の椅子とイーゼルが置かれている。

「亡くなったばあちゃんが使ってた場所なんだ。趣味で絵を描く人でさ」

創真さんは壁際に裏返しで立てかけられていたキャンバスを、イーゼルにセットする。

それは繊細な色とタッチで花を描いた、素敵な絵だった。

「ここでよければ、使っていいよ」

その言葉が優しく胸に響く。おれに対する深い謝罪が込められているように感じた。

昨日からずっとだ。今朝も、行く宛のないおれがここに居やすいようにしてくれた。商店街に連れ出してくれたことも含め、全部彼なりの償いだろう。

そもそも創真さんの性格上、人を騙すという行為自体が向いてないように思う。

それほど追いつめられた事情があったなら、理由を聞いてみたい気もする。だけどまだ全部を水に流せない。それでも今差し出されている優しさは本物だと信じられる……。

「じゃあ、少しの間だけお借りします。ありがとうございます」

受け入れてお礼を告げると、創真さんは柔らかく表情を綻ばせる。おれの返答を喜んでいるのが解り、落ち着かない気持ちになる。

うっかり絆されてしまいそうだ。慌てて顔を背けると、少し離れた作業台の上に、看板が置かれていることに気づいた。

長い間雨風に晒されたのか、擦れた文字で「羽瀬植木店」と書かれている。

「それ、修繕しようとして外したんだけど、どう手をつけていいか解らなくてさ」

見ると作業台の下には、看板用の塗料もいくつか用意されている。

「よければ、おれがやりましょうか？」

申し出たのは、場所を借りるお返しの意味もあった。親切をただ受け入れるばかりでは、居心地が悪い。

創真さんは「マジで？　いいの？」と瞬く。

「こういうの不慣れだからすごい助かる。文字をなぞるだけでもいいし、なんなら、この辺に好きに絵を描いてくれてもいい。とにかく好きにやっちゃっていいから」

大雑把な指示が可笑しくて小さく笑うと、創真さんも照れくさそうに笑う。その朗らかな表情にどきりとする。

この人、素のほうが素敵だ。気づいてしまうとくやしいことに、出会った頃よりも強く、心臓がドキドキした。

翌朝、創真さんは早い時間から仕事に出かけていった。

それを見送り、おれは昨日請け負った看板の修繕に取り掛かることにした。

夜のうちに何を描くか考えておいたので、作業は順調に進んだ。午後に差しかかり、ある程度目処がついたところで、気分転換をかねて金木犀商店街に向かう。

色々と考えた結果、急いで就職先を決めるのではなく、しばらく絵の依頼をこなしながら、アルバイトをして過ごすことにした。

今度住む予定のシェアハウスは、金木犀商店街の最寄り駅から、電車で二十分程度の距離にある。通えるならこの辺りで働き先を決めてしまっても問題ない。それならばと、昨日通りかかった児童館の館長さんに面接をお願いしたところ、即採用になった。

なぜなら辞めた人が担当していたのは、児童館の中にある図書館業務だったからだ。

蔵書が多く、内容の充実した児童図書館はこの辺りでは有名で、利用者も多いのだという。カウンターの奥には整理が追いつかない図書が山のように積まれていた。

明日からさっそく来てほしいと言われて、意気揚々と羽瀬家に帰宅すると、玄関を開けたところで奥から楽しげな声が聞こえてきた。

入り口には艶のある革靴がきちっと揃えられている。なんとなく聞き覚えのある喋り方に、もしやと居間の様子を窺うと、そこには結家さんの姿があった。

「あ、湊さん！　お久しぶりです」

チョコとラテを膝に乗せてお茶を飲む姿は、完全に羽瀬家に馴染んでいる。

お爺さんも上機嫌で「おかえり。湊もお茶飲みな」とおれを手招き、座布団をぽんと叩く。いそいそと従うと、結家さんが改まった様子で深く頭を下げた。

「湊さん、先日の交通障害の際、すぐに連絡が取れずに申し訳ありませんでした」

「そんな、やめてください。気にしていただけただけで十分です」

謝罪などされる立場ではない。もう「運命の伴侶」ではないのに連絡をくれて、どれほど嬉しかったことか。狼狽えて腰を浮かせると、結家さんはホッとした様子で微笑む。

「元気そうで何よりです。それに印象も大分変わられましたね。とてもお似合いです」

指摘を受けて、気恥ずかしさについ髪に触れると、結家さんは満足そうに頷く。

「湊さんが明るい表情をしていると、私も嬉しいです」

一昨日羽瀬家に来てから、結家さんとはこまめに連絡を取り合っている。そのうち様子を見に行くと言っていたが、こんなに早く来てくれるとは思わなかった。

「結家さんも元気そうでよかったです。なんだかお忙しそうだったから」

「それほどでも。休日はしっかりと休んでますし、仕事の方は趣味も兼ねて、ドローン操縦の腕を磨いている程度です。結構楽しく過ごしていますよ」

コンシェルジュの業務って、本当に幅広いのだなと感心する。

「それに、今日は湊さんとお話ししたくてお邪魔させていただいたんです。色々と心配でもありましたから……」

あんなことになったにも拘わらず、創真さんの家に身を寄せている。

この状況はENの運営側からすると、理解不能に違いない。

どう説明しようか迷っていると、タイミング良く創真さんが帰ってきた。

「ただいまぁー……」

疲れた声の最後の方が、おれを見て惚けたように伸びる。そして一瞬黙った後、驚きの表情で瞬く。

「湊、髪切った？」

「はい。矢野さんにお願いしました」

児童館に行く前にヘアーサロン矢野で、思いきり短くしてもらった。

創真さんが褒めてくれたことも正直影響しているけれど、なんとなく気分を一新したくなった。矢野さんも似合うと太鼓判を押してくれたし、自分でも軽くて気に入っている。

しかし創真さんは何か言いたげな、食い入るような目でおれを見続ける。

「そんなに変ですか？」

不安で訊ねると、創真さんはハッとしたように瞬く。

「いや、かわ……じゃなくて、似合ってるし、いいんじゃねえの？」

挙動不審だ。それでも一応褒めてもらえたことが嬉しくて、つい口元がほころぶ。

それをまた創真さんがじっと見てくるので、どうにも居心地が悪い。

堪らず目を伏せた時、盛大な咳払いが聞こえ、創真さんはようやく結家さんの存在に気づいたらしい。

「うわっ！　なんであんたがここにいるんだよ？」

「そりゃあ羽瀬さんにもお話があるからに決まっているでしょう。あなたもお元気そうでなによりです」

結家さんに座るよう促され、創真さんが渋々といった感じで従う。するとお爺さんがよっこらしょ、と立ち上がる。

「俺はチョコちゃんの散歩に行ってくるわ。創真、おめーは後で話がある」

ひやっとするような圧のある口調で言い置いて、無邪気な柴犬を抱えて出ていく。その気配が遠ざかるのを待ち、創真さんが口を開いた。

「結家、おまえじーちゃんになんか話しただろ？」

「ENのことと、羽瀬さんが湊さんに、とんっでもなく失礼な行為を働いたことを、しっかりと説明いたしました」

創真さんは頭を抱えたが、自業自得なので何も言えないようだ。それを見て結家さんは、勝ち誇った笑みを浮かべる。

「反省しているようで大いに結構。どうやら羽瀬さんとも、ようやく腹を割って話せそうですね。早速ですが二人とも、スマートフォンを出していただけますか？」

言われるがままスマホを差し出すと、結家さんは手早く操作し、食卓の上に二つの端末を並べて、おれたちに示した。

画面に表示されているのは、ＥＮのアカウント情報。

そこにはなぜか「運命の伴侶：正式交際中」と表示されたままになっている。

そういえばここ最近、ＥＮのアプリ自体を立ち上げていなかった。

創真さんに至ってはあの時おれの目の前で、ＥＮの登録を削除したはずだ。にも拘わらず、何事もなかったかのように、アカウントが表示されている……。

「現在羽瀬さんの登録が、なぜか抹消できない状況でして。変更も受け付けないため、お二人はまだ、正式交際中の『運命の伴侶』ということになります」

結家さんの言葉は信じがたいけれど、アカウントの表記はそれが事実だと物語っている。

おれと創真さんは、困惑を露に顔を見合わせた。

「エンジニアが言うには、お二人のアカウント連携が複雑に絡み合い、同期が外せないそうで。解決策を探っていますが、今のところどうにもならず。関係が解除できない以上、湊さんは新しいマッチングができないわけです」

結家さんは困ったものだと肩を竦めてみせる。だとしたら、おれはどうしたらいいんだろう。

「なんとかならねーのかよ。そもそもＥＮてどうやって『運命の伴侶』を選定してんの？」

「99・99％の相性度の二人、という説明は以前しましたよね？　実を申しますと、システムがなぜそのような数値を叩き出すのか、今のところ解明されていません」

「それってただのバグなんじゃねえの？　ENて意外とポンコツだな……」

　創真さんが呆れ口調で呟くと、結家さんは遺憾だとばかりに眼鏡を押し上げる。

「いいですか？　ENは信用度の高いプログラム故に、平均マッチング率は70％台。そんな中『運命の伴侶』は、『システムを超えた驚異的な数値』『プログラムの怪異とも呼べる結論』『テクノロジーの隙間を縫って惹かれあうパーソナルデータ』を数値で叩き出しているわけです。確かに不透明な部分もありますが、『遅かれ早かれ出会って人生を共にする確率が高い』という演算結果も、これまでの伴侶たちに起きた事象を見るに、正しいと思われます。決して安易な認定ではないことは、理解していただかないと！」

　早口でまくし立てられて怯む創真さんに、結家さんは畳み掛ける。

「しかしながら今回のマッチングに関しては私も思うところがあるわけです。なので湊さんの成婚については、今後も私が全力でサポートします。もちろん誰かさんのような愚行を働かない、最良の方とのご縁を結んでみせますとも」

　挑発的な物言いに、創真さんがぴくりと眉を寄せる。

「あなたがしたことは個人的にも許しがたい、言わば婚活において最悪の所業です。先日の状況下で、湊さんを保護していただいたことに関しては感謝してますが、湊さんをこのまま預けていいかどうかは、判断しかねています」

「……あの件に関しては悪いと思ってる。謝ったし、いじめたりもしてねえよ」

「本当ですかぁ？　湊さん、実のところはどうなんです？　なんならすぐにでも別の滞在先を確保しますが？」

おれは慌てて首を横に振る。

「創真さんには本当に、良くしていただいています。それに一応、引っ越し先のシェアハウスからの連絡を待っているところなので」

事実だし、現状は仮の措置だ。しかし結家さんは首を傾げる。

「そのシェアハウスですが、直前で入居できないなんて変ですよね？　しかもまだ音沙汰（おとさた）なしとは……なんて名前のシェアハウスでしたっけ？」

記憶にある名前を伝えた時、テレビから、偶然同じ名前が聞こえてきた。

見ると火事の現場が映っていて、アナウンサーの硬い声が内容を告げる。

『昨夜放火の疑いで逮捕された男はシェアハウスの住人で、「どうしても出ていきたくなかった。追い出されるくらいなら燃やそうと思った」と供述しているとのことです。このシェアハウスでは、先月も住人から警察が相談を受けており……』

創真さんと結家さんは黙ってテレビを眺めた後、ほぼ同時におれに訴えた。

「治安悪すぎだろ、やめとけこんな所！」

「そうです！　すぐに別の安全な滞在先を手配します！」

確かにこれじゃあもう住めない。むしろ入居が延期になっていたことが幸運に思えた。

「それなら、新しいシェアハウスを見つけ次第、移るということで……」

するとと創真さんが不思議そうに首を傾げる。

「なんでシェアハウスなんだ？　家賃の関係？」

「それもありますけど。おれ、人の気配がないと落ち着かない性分なんです」

結家さんはなるほど、と手を叩く。

「それで最初もカプセルホテルに滞在されていたんですね？」

頷くと、創真さんはさらに怪訝そうに眉を寄せる。そういえば説明していなかった。

「ええと……小さい頃は母とアパートで暮らしていたんですが、そこは近所付き合いが盛んで、賑やかな雰囲気がすごく好きだったんです。だけど十二歳の時に引き取られて住みはじめた実家がとにかく広くて、与えられた部屋も『離れ』っていうか、敷地の奥まった場所にある静かなところで、寂しくてとても苦痛だったんです。人との交流自体も、ほとんどなくなってしまったので」

「人との交流がないって、お父さんは？　確か弟も二人いるって……」

「父とは月に一度か二度顔を合わせる程度で、継母に当たる人は、おれが跡継ぎ問題に介入してくるんじゃないかって、警戒していたみたいです。それもあって弟たちも、おれに関わらないように言われてたみたいで。使用人も扱いに困っているようでした。婚外子だったし、あの家の雰囲気の中では仕方がなかったと思います」

しかも実家にいる間、父はおれの交友関係まで管理しようとした。それが嫌でふさぎ込み、大学の寮に入ってようやく、気兼ねなく人と関われることを嬉しく思った。

「共同生活の方が寂しくないし好きなので、次も下宿かシェアハウスを探すつもりです」

結家さんは納得してくれたが、創真さんは腑に落ちないのか前のめりに口を挟む。

「だったらこのままうちにいろよ。雰囲気的には下宿みたいなもんだろ」

確かにそうだが、いいのだろうか。言葉に詰まると、何が不服なんだとばかりにさらに身を乗り出す。

「じーちゃんと由衣もおまえを気に入ってるし、チョコとラテも懐いてる。遠慮もしなくていい。ここなら絵を描く場所もあるだろ？」

羽瀬家はすごく過ごしやすいし、楽しい。だけど……。

「創真さんは、おれがいても迷惑じゃないんですか？」

前提として、この人はおれのことをどう思っているんだろう。

嫌悪されてはいないのだと思う。だけど友達でもなければ恋人にもなりえない。同性愛者である赤の他人に「うちで暮らせば？」と言ってのける心理を計りかねた。

「俺は別に迷惑じゃねえよ、むしろ……ああ、でもそうか。おまえにとっては俺が嫌だよな……悪い。考えなしだった」

自戒するように眉間を押さえる様子は、単に根本的な問題を失念していた風に見える。もしかしたら。創真さんは由衣さんと同年代のおれが、困っているのを見過ごせないのかもしれない。可愛そうだと感じた存在を放っておけない、言わばチョコとラテを拾ってきた時と同じ感情。だとしたら悪意や欺瞞は存在しないから、信頼できる。

結家さんも同じように思ったのか、ひとつの提案をした。

「とりあえず羽瀬さんの家で過ごしてみて、無理！　と思ったら、すぐ私に連絡をする、というのでどうでしょうか」

結局、それで話がまとまり、結家さんは「何かあったらすーぐ連絡してくださいね。雑談も交えて、毎日メール交換しましょうね！」と念押しし、羽瀬家を後にした。

それを見送りながら、創真さんは「あいつ俺にだけ当たりきつくね？」と呟く。

「まぁ当然か……それより湊、今日なんか食べたいものある？」

「いえ、特には……」

「なんかあるだろ、肉とかピザとか寿司とか」

唐突な質問だが、その中だと「肉」と答える。すると創真さんは、「ちょっと買ってくる」と言って、もう一度外出した。

その日の夕飯はなんとも豪勢な焼き肉で、どうやら創真さん的には、おれの歓迎会をしてくれるつもりらしい。

焼いた肉を次から次にお皿に載せて「食べな」と促し、もてなしてくれた。

ちなみに創真さんがおれにしでかした愚行は、結家さん経由でお爺さんと由衣さんにも伝わっており、二人は創真さんを思いきり非難した。

「ったく、バカなことしやがったな！」

「ほんと最低。湊くん、お兄ちゃんは無視して、好きなだけここにいていいからね！」

創真さんは立つ瀬がないのか「だから詫び肉奢ってんだろ！」と反論する。

お爺さんと由衣さんは、おれがENを通して創真さんに出会ったことや、同性愛者だということを知っても、特に不快に思っていないようだ。むしろ温かく受け入れてくれて、救われた気持ちになる。しかもお爺さんは「歓迎と、バカ孫のお詫びのしるしに」と、秘蔵のお酒を振る舞ってくれた。

「悪の伯爵（ヴィラン）」という銘柄の日本酒で、芳醇な香りのする、とても美味しいお酒だった。

ぺろりとおちょこを空けると、お爺さんは飲みっぷりを褒めてくれた。

「そうか、湊はイケる口か。創真はひどい下戸（げこ）でなぁ。一口で寝ちまうからな」

そんな風には見えない。意外に思っていると創真さんは目を眇めてお爺さんを睨む。

「そこまでじゃねえよ」

「うそつけ。おまえ去年の正月、朝のお神酒一杯で、翌日まで寝てただろうが」

人はそんなに眠れるものなのか。半ば感心していると創真さんは負けず嫌いを発揮したのか、瓶を奪い自らのコップに注ぐ。

そして飲みはじめてからきっちり十分後、見事に正体を無くした。

「ほらぁ……寝てないだろ。起きてるだろーが」

コップの底に五ミリ溜まる程度の量で、ぐでんぐでんだ。それなのにまだ飲もうとするので、見かねてコップを遠ざけた。

「どうぞ」

代わりに水の入ったコップを手渡すと、創真さんは胡乱げな目でおれを見た。

「なんで優しくすんの？　俺、おまえにひどいことしたのに……まだ許せないだろ」

どうやら酔うと絡んでくるタイプらしい。特別優しくしたつもりはなく、飲み会で介抱する側に回ることが多かったから自然に出た行動だった。

「あんなことしたんだ、なんなら二、三発殴ったっていいのに……それに比べて俺なんか……もうダメだ。年上なのにダサくて情けなくて辛い……」

食卓に突っ伏し、絶望感の漂う口調で言うのでちょっといたたまれない。そんな姿に、凝り固まった気持ちがまたひとつ霧散してしまう。

「……もう怒ってないしダメじゃないから、少し寝てください」

ほら、と座布団を折り曲げて畳の上に置くと、創真さんはのそりとした動きで素直に従う。

　とんだ酔っ払いだ。そう思った次の瞬間、電池が切れたみたいに倒れ込む。しかも目測を間違ったのか、座布団ではなく、おれ目がけて倒れてきた。

「そ、創真さん！」

　呼び掛けるが、もう寝てしまったのか規則的な寝息が聞こえる。

　重い。押しのけようとしても微動だにしない。じたばたしていると、由衣さんがやってきて「よっこらしょ！」という掛け声と共に、創真さんを除けてくれた。

　どうやら羽瀬兄妹は、かなりの力持ちらしい。

「湊くん、本当にごめんね。お兄ちゃんお酒飲むといつもこうで……最近特に、飲めないくせに無理しちゃってさ」

「そう、なんですか？」

　由衣さんは創真さんを今度こそ座布団を枕に寝かせながら、難しい表情で頷く。

「商売敵みたいな人が出てきて仕事取られてるみたい。躍起になって営業かけて、慣れない飲み会に参加してまわってんの」

　商売敵と聞いて思い出すのは、安曇流だ。クリスマスイベントについて、上野公園で口論していたことを思い出す。

「少し前もね、テレビの偉い人に呼ばれて出向いたら、ただの合コンだったんだって。強い酒を無理強いされて、セクハラ満載の会話にも腹が立って、頑張って意識を保ちながら女の子を逃がした後、気づいたら自分は駅前の花壇の縁で寝てたらしいよ」

その合コンってもしかして……。それにこの様子なら、本当に寝てしまったのだろう。

お爺さんも気掛かりなのか、眠る創真さんを眺めながらため息を吐く。

「創真は筋を通すタイプだし、意外と真面目だからな。物事の上澄みだけをうまく掬うような相手に調子狂わされてんだろう。でもまぁ、これも経験だからなぁ」

二人は創真さんを信頼して静観するつもりらしい。

おれは創真さんにプライドがないのかと訊ねた。あるから足掻いていたんじゃないだろうか。おれを騙したことはその一環だった。知ってしまうと、また一つ怒りが溶けていく。

その後夕食を終えて片づけを手伝っていると、創真さんのスマホに着信が入った。

それを合図に創真さんがむくりと起き上がる。即座に顔つきが仕事用に切り替わるので感心した。

しかし応じる声がどんどん硬くなり、聞かれたくないのか外に出ていってしまう。

何らかのトラブルが起きたのだろう。しばらくそっとしておいたほうが良さそうだと判断し、おれは黙々と皿洗いに徹した。

しかし後片づけが全部終わっても、創真さんは一向に戻らない。

気掛かりに思っていると由衣さんが、「裏のハウスにいると思うよ」と教えてくれた。

　向かうと一画に小さな灯りがともっているのが見えた。それを目印にグラスハウスに足を踏み入れる。初夏のように温かい空間の片隅で、創真さんは作業台に腰を据えて、黙々と植木の手入れに勤しんでいた。

「湊か。どうした？」

　足音で気づいたのだろう、振り返って問われてようやく、これといった用があるわけではないことに気づいた。

「その、何してるのかなって……」

「ああ、これ直してた」

　おいで。と手招かれて側に行くと、作業台の上に見覚えのある鉢が並んでいる。

「これってあの日、由衣さんが運んでた鉢植えですか？」

「そう。あの時はありがとな、由衣に声かけてくれて。助かったよ」

　花の形に開いた肉厚の葉を検分する創真さんは、なんだか楽しそうだ。

「作業、見ててもいいですか？」

　訊ねると、隣に丸イスを用意して「どうぞ」と勧めてくれた。

「これは多肉植物をコンセプトにしたカフェに置かれていた寄せ植えの鉢だ。傷んだ部分の、メンテナンスを任された。ほら、所々色が変わってるだろ？」

　創真さんの示す場所が、ぼんやりと黒ずんでいる。

「放っておくと黒いのがどんどん広がってく。だから無事な部分を救出する」

説明しながらハサミを手に取り、おもむろに葉肉の根元をちょんぎる。

さらに切った茎から、一枚一枚葉をもいでしまう。

でたらめに思えるやり方に困惑していると、創真さんが笑った。

「多肉植物って生命力が半端なくてさ。別に遊んでるわけじゃなくて、茎を残して土に挿すと、元通り元気になるんだ」

言いながら本当に、土を入れた鉢に、ただ葉をさくさくと挿していく。こんなに簡単に？　根っこがないのに？　信じがたくもあるけれど、作業自体はとても楽しそうだ。

見入っていると「やってみるか？」と、軍手を貸してくれた。

見様見まねで葉を植える。すると創真さんが別の葉を挿す。アドバイスを貰いながら二人で交互に鉢を埋めると、鮮やかな色合いの幾何学模様の箱庭ができ上がった。

「すごい。自然のジグソーパズルみたいだ……」

感動の声を上げると、創真さんが思いきり吹き出した。

「なにその感想、可愛いな」

あまりにも屈託なく笑われて、じわじわと恥ずかしくなる。

「子供っぽいって意味ですか？」

「そうじゃなくて、単純にそう思っただけで……」

　言っている途中で何かをごまかすように咳払いをし、仕切り直すように先ほどもいだ葉に手を伸ばす。

「それは？」

「葉挿し用。これを土の上に並べると、ここからまた増えるんだ」

「増えるって、どんな風に？」

「植え付けた根元に、元の株の小さなクローンができるってイメージかな」

　今度はひとつずつの葉を、平べったい器に敷いた土の上に均等に並べていく。おれにも小さな葉をいくつか手渡してくれたので、それに倣う。

　冗談のようだけど、本当にこれで育つというのだから驚きだ。

「すごく不思議な植物ですね……全然知らなかった」

「だろ？　植物のこういうところが、面白くて好きなんだ」

　先ほど居間を出ていった様子が少し心配だった。けれど創真さんの表情にはもう憂いはない。おれも絵を描くことで心を整理できることがある。創真さんにとってこういう時間が、やるせない気持ちを消化する一つの手段なのかもしれない。

　他にもまだ寄せ植えをする鉢があるらしく、続けて作業を手伝うことにした。

「そういえば、今日の話だけど……」

　創真さんは茎を器用に切り出しながら、前を向いたまま続ける。

「おまえのこと勝手に、何不自由なく育ったんだと思ってた。ごめんな」

その声に滲むのは後悔だった。自分がしたこと、言ったこと。全て間違いだったと言わんばかりの心情が伝わり、逆に落ち着かない気持ちになる。

「……不自由はなかったですよ。きちんと大学まで行かせてもらったし。それに芳条家の枠から外れていることは、おれにとってそう悪いことじゃないんです」

本音を伝えると、そこでようやく創真さんと視線が合う。

「人間関係が複雑でいざこざの多い家だったし、相続争いに関わってしまったら、サスペンスドラマも真っ青な事件に巻き込まれるに違いありません。それに結婚も、自由にはさせてもらえなかったでしょうし」

弟たちはまだ未成年だというのに、名家の女性との婚約が決められていた。おれもあの家に深く組み込まれていたら、意に染まぬ結婚を強いられたはずだ。

「それってつまり、せっかく好きに相手を選べる状況なのに、俺が『運命の伴侶』になっちゃってるってことだよな……この状況を、おまえはどう思ってんの？」

「それは、今考えてもどうしようもないかなって」

創真さんはおれの意見に、怪訝そうに瞬く。

「どうしようもないから、ＥＮで婚活するのを諦めるってこと？　それとも俺で妥協するって意味？」

「そうじゃなくて。今はシステムの問題が解決するのを待つしかないじゃないですか。妥協とかもないです。創真さんにとって、おれとの結びつきが不本意なのも解っているし」

異性が恋愛対象の創真さんにとって、おれはそもそも相手になりえない。きちんと線引きをしているつもりだ。なのに創真さんは面白くなさそうに、作業台に向き直る。

「湊の方こそ、俺みたいなのとマッチングして不本意だろ。仕事を干されたダメ男が相手じゃあな……システムが直るまで我慢しろよな」

「おれ、創真さんのこと、ダメだなんて思ってないですよ」

「お世辞はいいって」

なぜ突っぱねるのか、心底不思議だった。

「あなたが自分の状況を変えようと頑張っていること、ちゃんと知ってます。それにいつも夜に姿を見かけなかったけど、こんな風に鉢の手入れをしてたんでしょう？」

「これは、趣味……みたいなもんだから」

「好きだからこんなに丁寧だし、綺麗に仕上がるんですね。お客さんも喜ぶでしょうね」

センスもいいのだろう。元々の状態よりも、格段に素敵な鉢に仕上がっている。

「褒めたって何も出ねーぞ。それにおまえは猫かぶってた時の俺みたいなタイプが好きなんだろ？」

好みのタイプであることは否めない。……でも。

「あの時より、今の創真さんのほうが一緒にいて楽しいです」

先ほどから創真さんの隣を、とても居心地良く感じる。肩ひじを張らなくていいからだろう。

照れくささを押し殺して告げると、創真さんの手がぎこちなく止まる。

「……ふーん」

そっけない口調で返す。その目元が少し赤いのは気のせいだろうか。

なんだか落ち着かない気持ちで、おれも目の前の作業に集中した。

すると視界の端を、何かがひらりと通り過ぎる。顔を上げると一匹の蝶が、頭上を飛び回っていた。羽の内側が美しい瑠璃(るり)色をしている。

「この時期にどうして?」

「温室の暖かさで時々羽化するんだ。作業してると灯りに寄ってくる」

物珍しさに見上げていると、不意に蝶がおれの鼻先に舞い降りた。

「わ……!」

恐る恐る指先で取り払おうとするが一向に離れる気配がない。仕方なくふーふーと息を吹きかけてみるが、なぜかどいてくれない。奮闘する様子が可笑しかったのか、創真さんが笑う。

「ほら、取ってやるからじっとして」

身を乗り出し、優しく除けてくれる。蝶は創真さんの指先で優美に羽を震わせた。

ホッとしたのも束の間、創真さんとの距離がこの上なく近くて、緊張に息を呑んだ。

しかし、創真さんは何かに気を取られたように、じっとおれを見つめ続ける。

「湊って、睫毛（まつげ）長いんだな」

「は……え？」

観察されたうえに感想を呟かれて、急激に顔が熱くなる。

その熱が伝わったのか、創真さんも我に返ったように勢いよく離れた。

どうしていいか解らず見つめ合ったまま固まる。気まずい。沈黙が苦しい。

どうしようかと考えていると、「そういえば！」と創真さんが大きく声を張り上げた。

「看板の絵だけど、何描くか決まった？」

「は、はい。ある程度描いたので、よければ暇な時にでも見てもらえますか？」

「え……？　もう描いたの？　見たい」

言いながら立ち上がる。いつもの気兼ねない空気が戻ってきてホッとする。

だけど歩き出して初めて、創真さんの趣味に合わないものを描いていたらどうしよう、
という不安が首をもたげた。

ガレージの灯りをつけて、恐る恐るアトリエの作業台の上を示す。

白地の看板。右側半分に、グラスハウスに並ぶ植木をイメージした絵を描いた。

文字を入れる予定の場所は、大体の当たりをとってある。

「明日文字を入れたら、もう少し完成のイメージがしやすくなると思います」

果たして気に入ってくれるだろうか。見上げると創真さんは、困惑の表情を浮かべた。

ただならぬ様子に固唾を呑んでいると、擦れた声で訊かれた。

「これ……スズイシ奏の絵だよな？」

「はい。よくご存知ですね」

自分のアーティストネームが飛び出してきたので驚いた。創真さんは、意味が解らないとばかりに、絵とおれを交互に見比べる。

「つまり？　……湊が、スズイシ奏の絵を描いたってこと？」

「ええと、そうです。おれが『スズイシ奏』の名前で絵を描いているので」

創真さんは言葉を反芻するように一瞬黙った後、声にならない悲鳴を上げて後ずさった。

「ちょっと待ってくれ、どうしてスズイシ奏なんだよ！」

「由来ですか？　母と暮らしていた頃の名前が鈴伊といって、湊という字の三水(さんずい)を……」

「そうじゃなくて、なんでこんなところにスズイシ奏がいるんだ！」

「創真さんが、連れてきたからですけど……」

事実を述べると創真さんは「そうだった！」と納得しかけたが、今度は興奮したゴリラのようにアトリエの中を歩き回る。

「そうか、木の絵を抽象的に描くって……！　早く言えよ、有名人だろうが！」

「有名ってほどでは……逆に創真さんが名前を知っていることに驚いています」

まだ駆け出しだし、絵に興味のない人なら、名前を聞いてもピンと来ないはずだ。

「知ってるよ。この間も駅の広告で見かけたぞ。まさかスズイシ奏が描いてくれるだなんて、こんなすごいことあるんだなぁ……」

惚れ惚れと看板に見入る様子に、胸がじわりと熱くなる。

「喜んでもらえて嬉しいです。描くのを止めようかと悩んだ時期もあったので……」

あの時、おれを奮い立たせてくれたのは他の誰でもない、創真さんだ。

「迷っていた時におれの絵を『好きだ』と言ってくれた人がいて、それで描き続けることができたんです」

もしかしたら、創真さんも大学に足を運んだことは覚えているかもしれない。

だとしても一人の学生の絵を褒めたことまでは覚えていないだろう。

いつか何らかの形で伝えられたらと思っていた。創真さんはおれの大切な恩人だと。

「その人に、心から感謝しているんです」

すると創真さんは、何か言いかけて少し俯いた。

「……俺もおまえの絵、すごく好きだよ」

もう一度好きだと言ってもらえたことが嬉しすぎて、堪らず顔が綻ぶ。

「ありがとうございます」

心からのお礼を伝えると、創真さんはぎこちなく顔を逸らす。

「べ、別に。礼を言われる筋合いなんてねえよ。むしろこっちが、その、ありがとうな」

その頬と耳が赤い。しかもツンツンしてたくせにデレた。まだ酔いが残っているのかもしれないが、その言動に、無性に胸がこそばゆくなる。

もしかしたら、ＥＮはおれの願いを叶えるために、創真さんと結びつけてくれたのかもしれない。


創真さんの家で暮らしはじめて、一週間が経った。

その間、児童館で図書館業務や子供たちの相手をしたり、バイトが休みの日は絵を描いたり、由衣さんに頼んで植木の手入れを手伝わせてもらったりして過ごした。

十一月も下旬に入り、金木犀商店街は、日々クリスマスの気配が強くなっている。

こんなに楽しい気持ちでクリスマスシーズンを迎えるのは、本当に久しぶりだ。

創真さんとの関係も、この数日の間に随分と遠慮のないものになった。

顔を合わせれば冗談や軽口を叩いてくるので、負けじと応じると楽しそうな顔をする。

もしかしたらおれのことを、弟のような存在とでも思いはじめているのかもしれない。

おれ自身もそんな風に接してもらえることを、心地よく感じていた。

一見平和だけれど、創真さんの仕事に関するトラブルは、さらに良くない方に進んでいるらしかった。毎日出かけていっては、焦燥した様子で帰ってくる。

気掛かりに思っていたとき、ついに事件が起きた。

バイトを終えて帰宅すると、家の奥から声が響いてきた。

「おめーが意地を張った結果だろうが！　相手にまんまと踊らされやがって」

お爺さんの声だ。襖の隙間から居間の様子を窺うと、俯く創真さんに再び叱責が飛ぶ。

「安曇なんて若造一人、上手くあしらえなくてどうする。今回の件は、自分で自分の評判を落としたようなもんだぞ」

厳しい指摘を、創真さんは難しい表情で受け止めている。

はらはらしているとお爺さんは「とにかく自分で撒いた種だ、落とし前も自分でつけてきな」と言って台所側の扉から部屋を出ていく。創真さんが短くため息を吐いた時、入れ替わるように由衣さんがやってきた。

「お兄ちゃん大丈夫？　おじいちゃんもきっと本気で怒ってるわけじゃ……」

「うるせえな。いいからあっち行ってろ」

「何その言い方、態度悪っ！」

兄妹喧嘩までもが始まり、創真さんは耐えきれないといった様子で居間を出ようとした。

襖を開けた所に佇んでいたおれと鉢合わせると、気まずげに眉を寄せたが「少し出てくる」

とだけ告げて家を出ていってしまう。

　創真さんの後ろ姿には、はっきりと傷心の気配が漂っていた。さすがに放っておけず、後を追う。幸いまだ姿が見えたので、少し距離をとって歩く。創真さんは特に目的があるわけではないのか、時間をつぶすように道なりに歩き続けた。そして川岸まで来てようやく、足を止める。

「なんか用か？」

　さすがに気づいていたのだろう。いい加減無視するのも疲れた、という口調だった。仕事のことを訊くのは踏み込みすぎかもしれない。だけど状況的に、見過ごせない。

「さっきお爺さんと話しているのが聞こえました。何があったんですか？」

「おまえには関係ない」

　突っぱねる口調が少し怖い。こちらを見ようともしない。だけどここで引き下がってはいけない気がした。

「関係あります。おれも今、羽瀬家で暮らしているのに、皆さんがぎすぎすしている中で、おれだけ事情を知らないだなんて、居心地が悪すぎます」

　その気詰まり感といったら、想像するだけで心が折れそうになる。創真さんも確かに、と納得したのだろう。ようやく目線が合う。

「創真さんがおれを羽瀬家に連れてきたんですから、責任を持って、おれにも教えてください。話を聞くくらいならできます」

真正面に回り込み、教えてくれるまで張り付く姿勢を見せる。

すると根負けした様子で「おまえって結構頑固だよな……」とため息を吐いた。

「……去年まで毎年、六本木ミッドヒルズっていう商業施設のクリスマスイベントの仕事を受けてたんだ。五年くらい続いてたんだけど、今年は担当を外されて、新しい担当は安曇流……って分かる？　おまえも一度、上野公園で会ってるんだけど」

「分かります。創真さんの商売敵……で合ってますか？」

「まぁ、そういうことになるんだろうな」

創真さんは鼻で笑う。

「あいつの祖父が有名な作家で色々とコネがあるらしい。その結果、テレビとか講演会とか、顔出し系の仕事が殆ど安曇に奪われた。企業やメディアは、話題性がある方を選ぶからな。仕方がないと言えばそうなんだけど……」

腑に落ちないという感情が、創真さんからは滲み出ている。

「ちゃんと仕事してるならいいんだ。ただあいつの場合、いい加減で知識も薄い。戦略が派手で、話題性があるから目立ってるけど、技術は素人に毛が生えたようなもんだし、顧客ともうまくコミュニケーションが取れてない。最近、困った客がよくうちに泣きついてくる」

先日手入れをしていた多肉植物も、元々は安曇が納品したものらしい。

最初から状態が良くなかったのか、時間が経つにつれ多くに傷みが出はじめた。けれど安曇は別の仕事で手いっぱいだからと、メンテナンスを請け負わず、困ったオーナーが創真さんを頼ってきたのだという。

「実力のないやつに仕事を取られた理由が『親族のコネ』ってのが、どうしても納得できなかった。それで湊を利用しようと考えた。俺にも後ろ盾があれば、あいつにばかり大きな顔させずに済むかなって」

その話を持ち出されると、まだちくりと胸が痛む。だけど創真さんの気持ちも解らなくはない。

実力ではないもので脚光を浴びた安曇が、我が物顔で振る舞っている裏で、創真さんが尻拭いをしている。安曇はそれに気づいているのかいないのか、トラブルをまき散らしながら好き勝手し続けている。そんなの腹が立つのも当然だ。

創真さんはこの状況から脱却するために、おれとの縁を利用しようとした。必死だったのだろう。その気持ちが理解できてしまうと、はっきりと同情心が湧く。

「それで。あいつが俺の代わりに担当したクリスマスイベントも案の定トラブってるらしくて、その原因が、俺が引き継ぎや相談に応じなかったせいだって吹聴してるらしい」

上野公園で安曇に遭遇したとき、確かに創真さんはあの人の申し出を断っていた。

「まさか……あの時のことを、そんな風に言って回ってるんですか？」

「みたいだな」

大げさすぎる。それに安曇の言い分の方がひどいものだった。

「あれは仕方ないというか、創真さんは別に悪くないと思いますけど……」

「大人げなく意地張って、相手に言いがかりをつけさせる要素を与えただろうって、じーちゃんに怒られた。確かにその通りだ。けど……あいつと話してると発言がいちいち鼻について、問答無用でグーパン決めたくなるんだよな」

真顔で言うくらいには腹立たしいらしい。

「暴力は良くないけど、気持ちは解ります。あの人、なんであんなに突っかかってくるんですか？」

「解んねー。けど、俺の態度もお世辞にもよかったとは言えないし、今後の評判に関わることだから安曇には直接話をつけておきたい。だけど連絡が取れない。ミッドヒルズの企画部に世話になった部長さんがいるんだけど。その人が教えてくれた話だと、俺のことを大分警戒してるらしい。プレイベントも明日だし、このまま逃げ切るつもりだろうな」

プレイベントでは、関係者を集めてツリーの点灯確認が執り行われるらしい。正式なセレモニーは翌日で、そのリハーサルも兼ねているのだという。

「だったら、そのプレイベントに乗り込んでしまうのはどうですか？」

そこには間違いなく安曇が参加しているはずだ。

「仕事外されて、殆どの関係者に顔割れてんだぞ。行きづれえだろうが……！」

強気な口調ではあるが、誤魔化しきれないほど尻込みしている。

「このままだと創真さんの評判を挽回できないし、あの人、都合が悪くなったら、また創真さんを悪者にするかもしれない。行けば間違いなく、直接会って話せます」

それが正解だと創真さんも分かっているのだろう。ぐぬぬ……と呻きながら激しく葛藤している。

「よければ一緒に行ってもいいですか？　おれも気になるし」

背中を押す要素になればと申し出ると、創真さんは深くうな垂れてため息を吐く。

「……解った、行くよ。行けばいいんだろ」

「そうと決まれば早く帰りましょう。由衣さんとお爺さんも心配してますよ」

「二人ともすげー怒ってたな。特に由衣が……しばらく口きいてくれないかもな」

「そういう時の有効な対応策は、貢ぎ物を献上することです」

なにそれ？　と困惑する創真さんを引っ張って近くのコンビニに立ち寄り、クリームやフルーツの載ったプリンやゼリーといったデザートを、多めに購入する。

そして帰宅後すぐに、食卓に並べるよう促す。すると由衣さんとお爺さんがどこからともなく現れて、各々好きなものを手に取り、食べはじめた。

そのうち「今日の夜ご飯なに」「カレーだな」「また？」などと、自然と会話が生まれる。お互いのことを思ってケンカした場合は、和解のきっかけが難しいだけで、実はもう許していたりする。羽瀬家の温かい関係性を羨ましく思いながら見守っていると、創真さんが「湊も食べな」とおれにもプリンを手渡してくれた。

プレイベントについては、創真さんから企画部長に連絡を取ってもらった。

聞けば明日、ミッドヒルズは少し早めに閉館するという。そして夜八時頃、吹き抜けのアトリウムに設置されたツリーの点灯確認と共に、施設のオーナーが、頂上にトップスターを置く手はずになっているらしい。参加者は関係者や勤務するスタッフに限られていて、二百人程を見込んでいる。参加するには招待コードが必要らしいが、それも招待リスト共々、すぐにメールで送信してくれた。

企画部長の話では、安曇のやり方に不安を抱いている人間は、関係者の中にも相当数いるらしい。だけど上手く諫（いさ）められずにここまで来てしまったことを悔やんでいた。

話を聞き終わると創真さんは、難しい表情で招待客リストを眺め続けていた。

翌日おれたちは、プレイベントに合わせて六本木ミッドヒルズに向かった。関係者を装い警備員にスマホの招待コードを見せると、すんなりと入場の許可を得る事ができた。

「八時まであと三十分です。きっと安曇も会場にいますよね」

「多分な……でもその前に、ちょっと確認したいことがあるんだ。ついてきて」

建物が広すぎて、自分がどこにいるかさえ定かではない。けれど創真さんは、去年までここのイベントを取り仕切っていただけあって、迷いなく進んでいく。

エスカレーターで二階に上がり再びフロアを進むと、アトリウムに面したテラスに出た。五階まで吹き抜けになった開放的な空間。そこに巨大なクリスマスツリーが設置されている。赤のリボンやモール、きらびやかな輝きを放つクリスタル製のオーナメントがちりばめられて、圧倒的な存在感を放っている。

思わず息を呑んでしまうほどの見ごたえだ。でも……。

「圧迫感がすごいですね」

空間に対して、みっちりと詰まり過ぎているような危うさを覚える。創真さんも難しい表情で同意する。

「このアトリウム、上層階に向かうにつれて空間が狭まった構造になってて、施工の安全上、九メートル以上の木は設置できないことになってる。でもこれは……どう見ても十五メートルはあるな」

九メートルだとしたら、通常の建物で言えば三階程度の高さになる。土台で底上げしているとしても、五階まで届く程の高さがある時点でおかしい。

「それに微妙に傾いてる。土台が小さすぎて支えきれてないいんだろう、周りをワイヤーロープで固定してるけど、この程度でいつまで持つか……」

恐ろしい指摘にツリー全体を見直すと、確かに微妙に傾いでいる気がする。

「あいつ納品先と揉めたって聞いたけど、こういうことか」

創真さんは険しい表情で階下を覗き込んだ。すると背後から「羽瀬さん？　羽瀬さんじゃないですか！」と声がした。

振り向くと、一人の女性が再会を喜ぶように駆け寄ってきた。カジュアルなニット姿で年齢は二十代半ばくらい。首から施設関係者の証である社員証をぶら下げている。

創真さんも懐かしそうな様子で応じる。

「水野さん久しぶり。なんか色々と大変だったみたいだな」

「大変なんてもんじゃないです。もうめちゃくちゃですよ！」

大きくため息を吐くのを見ていると、創真さんが紹介してくれた。

「湊、この人は水野さん。イベントの担当者の一人だ」

「はじめまして。といっても私も途中から後方部隊に回されたんですけどね……部長から何か聞いてます？」

「ああ。何度か連絡をもらって、ツリーのことで揉めたって話は軽く聞いてる」

水野さんは気色ばみながら大きく頷いた。

「最初はいつもの大きさでいこうって話だったんです。合わせてゴールドクレストのミニツリーを会場に設置するデザイン案で動いてたのに、直前になって安曇さんが『去年までのイメージを一新したいから、もっと大きなツリーを設置する』って言い出して……」

ツリーは毎年、北海道の十勝地方にある「ピリカの森」という、トドマツを育成している農園から取り寄せている。

創真さんはイベントを担当している間、農園の社長のもとに何度も足を運び、信頼関係を築いてきた。経験豊富な社長に施工上の相談もしていたので、当然社長もアトリウムの構造や、安全面について熟知している。だから安曇が「もっと大きな木を」と言い出した時、考え直すよう説得を試みたそうだ。

「社長さんが一度羽瀬さんに話を聞いてみたら？　ってアドバイスまでしてくれたのに、安曇さんてば怒ってしまって。契約を打ち切るって宣言しちゃったんです。それで勝手に別の取引先を探してツリーを手配して、そしたら今度は大きなツリーに合わせてデザインも一新するって言い出して。企画がほぼ白紙に戻るっていう悪夢を体験しました」

「ピリカの森の社長さんへの謝罪対応は？」

「一応したらしいんですが、その対応も雑で、部長がその辺を含めて諭したら、安曇さんと喧嘩になってしまって。あの人一度は『担当を降りる』って言ってたんですよ」

それならそれで構わない気もするけど、と創真さんと顔を見合わせると、水野さんが「言いたいことは解ります」と頷く。

「ただあの人、お爺さんのコネで色々と顔が利くらしいじゃないですか。現にドキュメンタリーの取材も張り付いてるし、SNSでこのイベント担当をすることも大々的に告知して話題になってしまってて、最終的にはオーナーの判断で、担当を続行してもらうことに落ち着いたんです。結果、部長含め私たちのチームは雑用に回されました」

「それは大変だったな……」

「いえ、むしろラッキーでした。その後も色々あったんで。あの重そうなオーナメントの件でもモメたらしいですよ。安曇が思いつきで、急遽イタリアに買い付けに行ったとか」

話を聞くだけで唖然としてしまう。振り回された関係者は、さぞや大変だっただろう。

「招待リストに、毎年ツリーを設置してくれてた深山建設の名前がなかったけど、施工会社も違うのか？」

「そうです。深山建設の担当者さんも危険だって説得してくれたのに、安曇さんが聞く耳持たなくて。それなら協力できないって手を引いた感じですね。最終的には伝手で別の業者を手配したみたいです」

経験のある関係者がこぞって止めるのを無視し、安曇はツリーやデザイナーや施工業者をかき集めた。そしてできたのがこのクリスマスイベントというわけだ。

一見きらびやかで眩い。だけどエゴイズムで飾られたツリーは、急に禍々しく見えた。

「訊いてた話より酷いな。そのうえトラブルが起きたのは、俺がアドバイスしなかったせいだって言って回ってんだろ？　バカも休み休み言えよ」

　創真さんはさすがに怒りを抑えきれない様子で階下を見下ろす。そこに関係者と笑顔を交わす安曇を見つけ、勢い良くエスカレーターを駆け下りた。

　慌てて後を追うと、創真さんは安曇に詰め寄った。

「安曇、話がある。ちょっと顔かしな」

　周囲にいた人たちがその剣幕に驚く。安曇も創真さんの態度に一瞬怯んだように見えたが、すぐに持ち直す。

「羽瀬さん、お久しぶりです。敵情視察ですか？」

「ああそうだな。おまえの仕事ぶり、ちゃんと見せてもらったよ」

　けしかけるような物言いに、安曇は強気に笑ってみせた。

「元担当者である羽瀬さんに、是非感想を伺いたかったんです。俺は常に新しいことに挑戦するのがポリシーなので、思いきって昨年より大きなツリーを手配しました。困難もありましたけど、なんとか思い描いた作品を作ることができたと自負しています」

　創真さんは怒りを堪えるように「作品ね……」と呟く。

「安全面を無視した理由はなぜだ？　ここは大勢の客が行き交う場所だ。その人たちが、万が一にも危険な状況にならないことを優先しなかった理由は？」

「もちろん、できる限りの対策は取ってます。その上で革新的なアイディアを実現したまでです。確かに賛同を得られない場面も多かったけど、そもそも新しいことをする時って、反対意見はつきものでしょう？」

「そういうことを言ってるんじゃねえんだよ」

びりびりと、怒りが伝わってくる迫力のある声に、安曇は今度こそ気圧された。

「いいか？　この企画はおまえの『作品』を見せるためのものじゃない。人を楽しませるためのもんだろうが。それを忘れて良識ある人たちの意見を無視したな？　もし事故が起きたらどう責任取るつもりだ？　今度は俺じゃなく、これを許可したやつらに全部押し付けるつもりか？」

その指摘に、関係者の間に緊張が走ったように見えた。

彼らも本当は解っているのだ。創真さんが何年も事故なく積み重ねてきたこと自体が、安全面が守られていたという証拠だと。何かが起きてしまったら、諫めなかった人たちにも責任は生じる。

安曇は「創真さんがアドバイスをくれなかった」という免罪符を掲げているようだけれど、それは通らない。

忠告してくれた人たちは他にもたくさんいた。その声を無視したのは事実なのだから。

「いいか、今すぐできる対策として、オーナメントの数を半分に減らせ。あれだと重すぎる。あとは土台の補強だ。施工した業者に事情を説明して対応を……」

ざわつきはじめた関係者から遠ざけるように、安曇は創真さんを無理やり会場の隅に連れていく。そして声を抑えて訴えた。

「やめてくださいよ。羽瀬さんが俺を目の敵にしているのは解ってますけど、今日は俺の晴れの日ですよ。普通この状況でそんな話します？」

「そんな話って……すげえ大事なこと言っているつもりなんだけど？　てか、ピリカの森の社長さんに、きちんと謝罪したんだろうな？」

「あたりまえでしょう。ちゃんとメールで謝罪文を送りましたよ」

「メールだけ？　補償の話は？」

「商品を受け取る前にキャンセルしたのに、どうして補償しなくちゃならないんです？確かに返信はないけど高齢の方だし、メールの操作がうまくできないのかなって」

「おまえ……！　バカにしすぎじゃねえ？　そう思うなら配慮すべきだろうが」

「うちの会社、基本チャットアプリかメールでしか対応してないんですよね」

創真さんは安曇の発言にどこまでも呆れていた。おれも聞いているだけで頭が痛くなってくる。多分そのやり方では、取引先との信頼関係は築けないんじゃないだろうか。

するとと安曇は、諦めたように息を吐く。

「正直残念です。羽瀬さんには一目置いてたし、同業者としてうまくやっていきたかったのに、こんな風に邪魔されるだなんて。俺は何度も提案しましたよ？　仕事の紹介とか、ご飯行きましょうとか。全部相手にしてもらえませんでしたけど！」

創真さんの顔は「あれってそういう意味だったの？」という驚きに満ちていた。

「ツリーの土台の補強も、プレイベントが終わったら突貫で進めようと思ってました。それをあんな大声で恥をかかせようとするなんて。羽瀬さんがメディアから干されたのって、馬鹿正直で空気を読めないところが『使いづらい』って思われたのかもですね」

くやしそうに吐き捨てると、創真さんを一瞥して去っていく。

創真さんはあんぐりと口を開けたまま、その背を見送っていたが、安曇は人の輪の中にあっさりと戻っていった。

受け入れる側も笑顔を作り、まるで創真さんの方が波乱分子のような扱いだ。

「なるほど。もっと上手く立ち回れってことか……」

くやしげに呟く。まるで自分に非があると思っているかのような姿に、おれは堪らず創真さんの前に回り込む。

「安曇のやり方が『上手く立ち回る』ってことなら、創真さんは真似しちゃだめです」

真正面から強く言い切ると、創真さんは怪訝そうに瞬いた。

「さっき言いましたよね？　これは『作品』じゃない、人を楽しませるためのものだって。それが危険であってはならないって。おれもそう思います。今まで事故なくこのイベントが続いてきたのは、創真さんがきちんとした仕事をした証です。誇るべき功績だし、解っている人はちゃんと解ってます。おれもあなたの仕事の仕方は正しいと思う。だから、もっと胸を張ってください」

確信を持って伝えると、創真さんは狼狽え、顔と耳を赤く染めた。

「ば……ばか！　急に褒めるな、恥ずかしいだろうが！」

何を恥ずかしがることがあるものか。なんならもっと褒めたいくらいだ。

どう考えても正しいのは創真さんだ。けれど刻一刻とプレイベントの時間が迫ってくる。

歯がゆさを感じながら関係者の様子を眺めていると、ぽつりと創真さんが呟いた。

「確かに俺は安曇に嫉妬してた。実力も経験もないくせにって……だけど今は、あいつがきちんと仕事をした上で成功するなら、それでいいと思ってる。目立つのも才能の一つだし、テレビ向きだ。その点俺はテレビとか、実はあんまり好きじゃねえし」

「そうなんですか？」

「たまたまディレクターに声かけられて、俺の知識や経験が誰かの役に立てばいいなと思って出てただけ。だから正確な情報を伝えたかった。安曇は時々、微妙に間違ったことを誇張して伝えるから腹が立って、任せてらんねーって思ってたんだけど……」

とても創真さんらしい理由で、それで躍起になっていたのかと腑に落ちる。

「張り合うんじゃなくて、俺は俺のことを必要としてくれる人を、大事にしていけば良いんだよな。地道に実直に……その方が性に合ってる気がする」

「いいと思います。すごく」

同意すると、創真さんは何か吹っ切れたように顔を上げる。その清々しい表情に目を奪われていると、ふと、優しい眼差を向けられた。

「湊が褒めてくれたから腹が決まった。ありがとな」

素直な言葉と朗らかな笑顔に胸がぎゅっと苦しくなる。それを必死に隠した。

「それにしても……気掛かりなのはピリカの森の社長だな。この時期に、納品予定だったものが全部キャンセルになるなんて、相当な損失のはずだ」

業界のことはよく解らないけれど、扱う商品が商品だから、急なキャンセルをメール一本で済ませること自体があり得ない気がする。

「今回用意されてたものって？」

「九メートルのトドマツと、ゴールドクレストっていう種類の生木のミニツリーが相当数。どこかに回せないか探すとして、今から引き受けてくれるクリスマスイベントが、都合よく見つかるかどうか……」

十二月は目前で、既にクリスマスシーズンは始まっている。イベントを企画しているところは、とっくに準備が終わっているはずだ。

だったらいっそのこと……と、閃いた案を、創真さんに話してみる。

「クリスマスイベントを、おれたちで企画して持ちかけるのはどうでしょう。例えば、金木犀商店街に」

　商店街の組合長が「クリスマスイベントがいまいち集客につながらない」と嘆いていたことを思い出す。

「大きなツリーは商店街のロータリー広場に設置して、ミニツリーも、商店街全体に配置するんです。組合にはできるだけ安く抑えた費用案と共に、還元できる方法を合わせて提案すれば、もしかしたら……」

　あるか解らない受け入れ先を探すより、自分たちで作ってしまったほうが現実的な気がする。創真さんも悪くないと思ってくれたのか、大きく頷く。

「それいいな。ちなみに、還元できる方法って？」

「例えば、『トドマツの一生』みたいなテーマで、ワークショップを開くんです。どんな場所でどんな風に成長するか、どういう工程を経てツリーになるのか。役目を終えた後の利用方法も実際に見せたり加工したり。ちなみにツリーは買い取りですか？」

「ああ。ゴールドクレストはレンタルだけど、メインのツリーは買い取り。イベントが終わったら解体してリサイクルに出すんだ。キャンプの薪とか、集成材の材料とか……」

「それなら時機を見て、薪を作る過程も体験してもらうのはどうでしょう。最近キャンプが流行ってるし、アウトドアショップに協力を仰いでも良いと思います。木材を使ったオーナメント作りも、ワークショップを開催して、完成したものを販売すれば収益が出るし、来年のイベントに使ってもいい。長い目で見た取り組みは自治体の助成金対象になりやすいので、上手くいけばコストもかなり抑えられるかもしれません」

「おまえ、この一瞬でよく思いつくな」

心底感嘆したような声に、慌てて首を横に振る。

「図書館の仕事で似たようなことをした経験があるだけです。ただの二番煎じなので」

「いや、十分すげえよ。それ絶対通そう。今から組合長に話だけでもしに行こう」

創真さん共々意気揚々と歩き出そうとしたその時、唐突に会場が暗くなった。

『これより、クリスマスツリーの点灯確認式を開催します』

アナウンスが流れる。いよいよプレイベントが始まってしまった。

見ると天井近くで、スポットライトに照らされた男性が手を振っている。

用意されたカーゴ付きのリフトに乗り、恭しく掲げたトップスターをツリーの頂上に置いた途端、眩い光がツリー全体に広がる。

それはきらびやかで豪華で、見るもの全てを圧倒する演出に違いなかった。

わぁっと拍手が鳴り響く。願わくばこのまま無事に終わってほしい……。

そう思った矢先、ツリーが微かに揺れた気がした。

目の錯覚だと思いたかった。けれど揺れは少しずつ大きくなっていく。

巨大なツリーはトップスターが引きがねとなって、ついにバランスを崩したらしい。

拍手を送っていた人たちも異変に気づき、騒めきが広がる。

一度揺れはじめると振れ幅はどんどん大きくなり、ついにツリーからばらばらと、オーナメントが落下しはじめた。リボンやモールはまだいいが、クリスタルの飾りも床に落ちて、ガシャンと砕ける。

どこかで悲鳴が上がった。こちらにもオーナメントが降ってきたが、創真さんがおれを庇うように覆いかぶさる。

幸い誰にも当たらずにすんだけれど、会場はもはやパニック映画さながらの混乱状態に陥っていた。逃げる人、固まる人。その人たちに向けて、創真さんが声を上げた。

「誰か手を貸してくれ！　土台を押さえるんだ、西側にだけは絶対に倒すな！」

西側はアトリウムの出入り口になっている。万が一その方向に倒れた場合、ツリーはガラス張りのエントランスを突き破って横倒しになるだろう。

それ以外の方向は、張り出したテラスが空間を取り囲んでいる。

被害を最小限に抑えるには、ツリーがテラスに寄りかかる形で止めるしかない。

創真さんの声にいち早く動いたのは、ビジネススーツに身を包んだ一団だった。おそらく、ミッドヒルズの関係者たちだろう。創真さんも土台に向けて、勢い良く走りだす。

「湊は危ないから離れてろ！」

指示を受け、少し離れてから辺りを見回す。二階や三階のテラスでは、ツリーとテラスを固定しているワイヤーや布飾りを、必死に押さえる人たちがいた。

どうにかして倒れる方向をコントロールしようとしているようだ。

加勢するために急いでエスカレーターを駆け上がると、二階のテラスに水野さんがいた。か細い腕でワイヤーを必死に掴んでいるのを見て、咄嗟に手を貸す。

もはや誰もが、この惨事の被害を少しでも小さくしようと必死だった。

しかし巨大なツリーはさらに大きく傾き、上階のテラスと木を結ぶワイヤーの留め金が、外れるのが見えた。

「水野さん、もう危ない、手を離しましょう!」

「それが、引っかかっちゃって……!」

見ると彼女のセーターの袖に、ワイヤーの留め具が引っかかっている。力ずくで外したものの、次の瞬間、掴んでいたワイヤーごと、ぐん、とあり得ない力で体を引っ張られた。

咄嗟にワイヤーから手を離したが、その時にはもう体が半分、手すりの外に躍り出ていた。何とか手すりにしがみつく。落下は免れたが、外側には足場になるようなものがない。

水野さんが必死におれの腕を掴んでくれるが、少しずつ体がずり下がりはじめる。

「わぁーっ! だれか助けてぇ!」

水野さんの声に騒めきが大きくなる。腕の力は長く持ちそうにない。とはいえ、一般的な建物より高さはあるが、所詮は二階だ。打ち所さえ悪くなければちょっとした怪我(けが)で済む。

一か八か着地を狙おう……と自分を奮い立たせようとした時だった。

「湊！　もう少しがんばれ！」

下から創真さんの声がした。確認する余裕はないが、言われるまま耐える。だけどどんどん手の力が抜けていく。もうだめだ……と目を瞑(つぶ)った時、強く腕を掴まれた。恐々と目を開けると創真さんがいた。

そのまま力まかせにテラスの内側に引き上げられて、彼の腕の中でへたり込む。

「あっぶねえ！　大丈夫か？　どこかぶつけたり、舌とか噛んでないか？　手は？」

「だ、大丈夫です。ありがとうございます」

頷くと創真さんはホッとしたように笑いかける。怖かったせいもあり、心臓が煩く脈を打つ。

その時、背後からわぁっと一層大きな悲鳴が聞こえた。

見るとツリーが軋む音をたてて、ついにゆっくりと、こちらに向かって倒れてくる。

迫り来る巨大な影が恐ろしい。本能的に震えると、創真さんは大きな体で、おれを庇うように抱きしめる。

「絶対大丈夫だからな」

安心させるような優しい声に、ただぎゅっと目を閉じた。

次の瞬間、激しく叩きつける豪雨のような音がした。それは、オーナメントが辺りに降り注ぐ音だった。おれたちの上にも、柔らかい何かが降ってくる。

そしてみしみしと軋む音の後、周囲がしんと静まり返った。

恐る恐る目を開けると、ツリーの転倒が止まっていた。

たくさんの人の努力が功を奏したのか、安定した状態でテラスに寄りかかっている。最悪の状態は免れた。安堵するが、周辺には、割れたオーナメントが散乱している。

「創真さん、大丈夫ですか？　怪我は？」

「大丈夫。運良く、固いものや重たいものは当たらなかったみたいだ」

ホッと顔を見合わせる。その距離が先ほどよりさらに近い。

「すっ、すみません！」

「そ、創真さんが守ってくれたから……」

「い、いや……おまえこそ無事か？」

「ああ……ていうか、これ何？」

頭上から垂れ下がる赤い布。困惑しながら自分たちの状況を確認する。

クリスタルのオーナメントに当たるのは免れたが、代わりに赤いリボンや布や、キラキラのモールが、おれたちを覆い尽くしていた。それらは絡み合い、リボンに至っては静電気を帯びて纏(まと)わりついてくる。

「なんだこれ、外そうとすると余計にくっつくな……」

　まるでおれたちの関係のようだと、なんとなく考えた。そんな状況じゃないのにと気恥ずかしくて顔を背けると、創真さんも自分の発言に思う所があったらしい。

「べ、別に、俺らの関係の比喩とか、そーゆーのじゃねえから！」

「わ、解ってますよ、そんなこと！」

　ツンデレを思わせる言い訳が余計に恥ずかしさを煽る。今この瞬間も、創真さんの腕の中にいるという事実に、顔がどんどん熱くなる。

　自分を省みず、体を張って守ってくれた。その優しさに胸が締めつけられる。

　おれたちの縁は一度切れたはずだった。だけどまだENは「運命の伴侶」としておれたちを結びつけている。もし運命の相手との間に赤い糸があるとしたら、おれの糸もまだ創真さんに纏わりついているんじゃないだろうか。

　創真さんはどう思っているんだろう。表情を盗み見ようとして、ほぼ同時に視線が交わる。もし、創真さんも同じことを思っているのだとしたら……。

「二人とも、大丈夫ですかぁ！　怪我してませんかー！」

　呼びかけられて我に返ると、避難していた水野さんが慌てた様子で駆け寄ってくる。

　彼女はおれたちを見て、はっと息を呑んだ。

「この状況でいちゃつくなんて、豪胆なカップルですね……！」

予想外の見解に、おれと創真さんは同時に叫んだ。

「いちゃついてない！」

「カップルじゃないです！」

勢いに気圧された水野さんが「え、なんかごめんなさい」と謝る。創真さんはもぞもぞと体を動かしながら、「いいから、取るの手伝って」と促した。

水野さんの手を借りてようやくリボンから解放されたおれたちは、改めて周囲を見回す。

最悪の状況を回避したとはいえ、大惨事には違いない。ツリーの周りにはあっという間に厳戒態勢が敷かれ、施設の関係者と見られる人たちが、対応に追われている。

その渦中に安曇がいた。彼はぼう然と立ち尽くし、目の前の光景を眺めている。

「……これから、どうなるんでしょうか」

「まぁ、ニュースになるのは避けられないだろうな。あいつも、今とは別の意味で話題になるんじゃねえの」

それはそれで、少し可愛そうな気もする。

「とはいえ被害は最小だろ。一般客がいない時に起きた事故だし、見たところ目立った怪我人もいない。不幸中の幸いだ。あとは報道陣がどう出るかだな……」

その時、ふとカメラがこちらに向けられていることに気づいた。安曇のドキュメンタリーを撮っていた取材班は、今にも創真さんにインタビューをしに突撃してきそうな勢いだ。皆を先導して立ち回り、被害を最小に抑えたのは間違いなく創真さんの功績だ。

おれが報道する側だとしても、話を聞きたいと思うだろう。

しかし創真さんは目立ちたくもなければ、これ以上この事態に関わるつもりもないらしい。素知らぬ顔でおれの腕を引く。

「湊、帰るぞ」

同意し、さりげなく出口に向けて歩き出す。そして背後から呼び止められたのを合図に、一目散にミッドヒルズを後にした。


一昨日からニュースでは、巨大なツリーが斜めになっている映像と共に、イベントで起きた大惨事が繰り返し取り上げられていた。

羽瀬家の居間で一緒にテレビを見ていたお爺さんは「いつかやらかすだろうとは思っていたが、やらかしすぎだろ」と呟く。安曇の知名度もあって、報道は過熱しているようだ。

そんな世間の騒ぎなど知らずに膝の上で寛ぐラテを撫でていると「湊」と呼ばれた。振り向くと創真さんが「バイト遅れるぞ」と教えてくれた。

あの後、商店街の会長を訪ねて、例の企画を持ちかけた。すると気に入ってくれて、すぐさま取り掛かろうという話になった。

ピリカの森にも連絡を入れると、予想していた通り納品予定の樹木が行き場を失っていたようで、創真さんの提案をすぐに快諾してくれた。

とんとん拍子に話が進み、今日からおれも児童館で、飾り付けに関する重要なミッションに取りかかることになっている。

昨日のうちに準備しておいた絵の具や筆などの道具を持って玄関に向かうと、丁度創真さんも出発する時間だったらしく、「途中まで一緒に行こう」と並んで歩き出す。

動きやすそうな服装に身を包み、使い込まれたスーツケースを片手に持っている。着込んでいるアウターは、これから向かう北海道に合わせた寒冷地仕様のものだ。

「十勝地方って、もうそんなに寒いんですか？　どんな所ですか？」

「予報気温は一桁になってたな。冷え込みの強い地域だけど、その分空気が澄んでて、どこまでも遠くまで見渡せるんだ。広い大地がずっと続いてて、道に沿って白樺が真っすぐ並んでる。すごく綺麗なところだよ」

「いいなぁ。いつか行ってみたいな」

まだ見ぬ世界への憧れをぽつりと零すと、創真さんは言った。

「じゃあ今年のイベントを成功させて、来年もツリーを発注できるようにして、次は一緒に行くか」

驚いて見上げるが、創真さんはおれの視線に気づかずに続ける。

「どうせ行くなら美味しいものもいっぱい食べよう。ジンギスカンは鉄板だろ？　それからラーメンと海鮮とじゃがバター、十勝は洋菓子と豚丼とパンも美味いんだよなぁ。せっかくなら観光地も巡りたいし……最低三泊、いや、四泊は必要だな」

　指折り数えていた創真さんは、そこでようやく、おれの返事がないことを不思議に思ったらしい。

「どうした？」と訊ねる。

「おれが……一緒に行ってもいいんですか？　友人でもないのに？」

　すると創真さんは、「はぁ？」と不満そうな声を上げ、おれの髪をぐしゃぐしゃと乱暴にかき混ぜた。

「おまえなぁ、今更何遠慮してんだ。うちに住んで何日経つ？　もう身内みたいなもんだろ。これだけ一緒に飯食ったり、同じ家で寝起きしておいて、まだ他人だとかゴリラとか思われてるならショックなんだけど？」

　ゴリラ的な要素はあるけど、もう他人と切り捨てるほど知らない人ではない。友達と言うには微妙だけど、羽瀬家の居候として受け入れてくれている。

「ご、ごめんなさい……」

　謝るとようやく解放してくれたものの、創真さんは不服そうに鼻を鳴らす。

「決めた。今日からおまえにメッセージを送りまくってやる。向こうで撮った写真、山ほど送りつけるから絶対返信しろよ。既読が一時間つかなかったら電話するからな」

「なんでそんなことを……」

「おまえと仲良くなりたいからに決まってんだろ！」

驚いて反応できずにいたが、創真さんは否定とは受け取らなかったらしい。

「というわけで一週間以内に帰ってくる。向こうに着いたら連絡する」

「は、はい。おれも進行状況とか、連絡事項とか、こまめに伝えます」

「それ以外にも普通に連絡くれよ。おはようとかおやすみとか……チョコとラテの写真でもいいよ。なんかそういうの送って」

それってすごく友達っぽい。嬉しくて胸の内が無性にこそばゆくなる。

創真さんも同じなのか、くるりと背を向ける。

「じゃあ、行ってきます」

軽く手を上げて歩き出す。その耳が赤いことに気づいて、たまらず声を掛ける。

「行ってらっしゃい、気をつけて！」

愛しさを感じながら送り出す。すると創真さんは嬉しそうな笑顔で、大きく手を振り返してくれた。

創真さんが北海道に行っている間、おれはイベントの実行委員として勤しむことになった。

商店街の人たちも積極的に協力を申し出てくれて、準備が着実に進んでいく。

おれには広報とツリーの飾り付けが一任された。

オーナメントを今から揃えたら費用も時間もかかりすぎる。なので児童館にも協力を仰ぎ、特技と人海戦術を駆使することにした。

まずおれが、しっかりした素材の紙全体にベースの色を塗る。その上にいつものタッチで絵を描き、様々な色をちりばめる。それを児童館にやってきた子供たちに、思い思いにハサミで切り抜いてもらう。

子供たちはこういった工作が得意だし、親御さんたちも喜んで協力してくれた。

星の形や、ハート、キャンディケーンに天使の羽。クリスマスのモチーフが、次々に作られていく。

不ぞろいだからこその味わいがあるそれに、紐をくくりつけてしまえば、立派なオーナメントのでき上がりだ。これをメインツリーや、ミニツリーに飾りつける。他にも商店街の人たちが持ち寄ってくれた物もあるので、合わせて飾ることで華やかさも増すだろう。

そして来年につなげるためにも、とにかく集客したい。そのためには宣伝が重要だということになり、改めてイベントのポスターを用意することにした。

金沢にいる先輩に相談すると、なんと翌日には完成したデータが届いた。

おれの絵を使ったデザイン。そこには「金木犀商店街　クリスマスイベント」というタイトルに加えて「スズイシ奏監修」という宣伝文句が大きく入っている。

先輩は「事実だし、集客したいなら売りポイントは大々的に使え」と言う。商店街の人たちの中にも、おれの絵を知っている人がいて、話題を呼ぶはずだと喜んでくれた。

色々動き回っているうちに、商店街の人たちと随分打ち解けることができた。

創真さんとの連絡役も担っているので、頼られることも多い。忙しいけれど、それは心地よくもあり、商店街の仲間に入れてもらえた気がして嬉しかった。

創真さんとはメッセージのやり取りが続いている。

彼は宣言通り、十勝地方の風景や、「ピリカの森」での写真を、たくさん送ってきた。最初は照れくささもあり、業務報告ばかりしていたのだけれど、ある時思いきって夕ご飯のカレーの写真を送ってみた。すると向こうで食べたのだろう、ラーメンや豚丼の写真が届いた。次にラテとチョコの昼寝風景を送ったら、一体どこで撮ったのか、負けじとキツネや熊の写真を送り返してきた。

やりとりが楽しくて、気づけばメッセージのラリーは日常の一部になっていた。

その中で創真さんは、今まで訪れた様々な国の写真を送ってくれた。

外国への憧れを零すと「次に仕事で面白そうな所に行く時、一緒に来る？」と返ってくるので、嬉しくなってしまう。いつしか自分の感情に、甘やかなものが混ざっていることに、必死に気づかないふりをした。

　創真さんが北海道に行って四日目。児童館のバイトの合間に、区役所にクリスマスイベントのポスターを貼り出してもらいに行った時だった。

「湊」

　呼び止める声に、どうしようもなく聞き覚えがあった。

　まさか、と思いながら振り返ると、そこには予想通りの人物がいた。

　沢修司。大学時代に付き合っていた元恋人で、共に過ごした時間は、まだ「懐かしい」という一言では片づけられない。そんな彼が、この街にいることに驚いた。

「久しぶり……元気にしてたか？」

　修司は大学を卒業後、東京の大手企業に就職した。同じ都内にいるのだから、偶然出くわす可能性はあった。だけどこの邂逅は完全に予想外だったし、おれたちはあまりいい別れ方をしなかった。修司も気にしているのか、おれの反応を窺っている。

「仕事で、この近くに来る用事があったんだ」

　ビジネスマンらしい姿は、最後に見た姿よりも垢抜けている。

　きっと色々なことが上手くいっているのだろう。だけど自分なら、たとえ偶然彼を見かけたとしても声を掛けるのを躊躇ったはずだ。

　修司にも気まずさが垣間見えるものの、懐かしさが勝っているようだ。

「髪形変えたんだな。印象が違ってびっくりした。でもすごく似合ってる」

せっかく褒めてくれたのに、嬉しさよりもどう反応すべきか困ってしまう。上手く応じられずにいると、修司は苦笑し、大きく息を吐いた。

「ごめん。いきなりすぎて驚くよな……湊がこの辺りで暮らしてるって聞いて、会えたらいいなと思ったんだ。あんな別れ方して、ずっと気になってたから」

そう言われて心が騒いだ。

今年の年明け、休みが取れたからと帰郷した修司と、久しぶりに二人で出かけた。おれは純粋に嬉しかったし、修司も楽しそうにしていたけれど、どこかそわそわしていた。

後から思えば、話を切り出すタイミングを窺っていたのだろう。

次はいつ会える？　と訊ねたおれに修司は言った。

『俺の部署、考え方が古くて、同性との付き合いがバレると評価に響くかもしれない。それにおまえと付き合ってること、まだ家族に説明できてない』

話をすればするほど、修司との考えに大きなずれがあることを知り、おれは別れを切り出した。あの時のことを思い出すと、未だに重苦しい気持ちが甦る。

「東京には最近来たんだろ？　こっちの暮らし、慣れないと大変じゃないか？」

その質問に、改めて違和感を感じた。

「大丈夫だよ、優しい人が多いし。……ていうかそれ、誰から聞いたの？」

大学時代の友人には報告などしていない。先輩からというのも考えにくい。

一体誰がおれの近況を、修司に伝えることができたというのだろう。

「今仕事で芳条グループの広告代理店に出向してるんだけど、そこで親しくなった人が、湊の絵の企画展を担当している人で、近況を知ったんだ」

おれの知らないところで、いつの間にか妙なつながりができている。というか企画展の担当ってなんだろう。戸惑っていると、修司は思いきったように切り出す。

「今更って思うだろうけど、本当にずっと心配してたんだ。少しでいい、時間をもらえないか？　もちろん今すぐじゃなくていい。もう一度ちゃんと話がしたいんだ」

「急に、言われても……」

「解ってる。一方的に会いに来た自覚もある。全部俺の我が侭だから」

修司の言葉には深い後悔が溢れている。だとしても、申し出を素直に受け入れられない自分がいた。修司もおれの性格を把握しているから、頑なになっている時にいくら押しても無意味だと解っているのだろう。

「改めて出直す」と言われてホッとした。そんな自分の狭量さに嫌気が差す。

背を向けて歩き出す様子を見守っていると、修司がふと足を止めて振り返る。

「俺はずっと、湊のことを忘れられなかった。湊はもう、俺のことなんて忘れた？」

その問いかけに、胸の痛みを伴って想い出が溢れた。

修司とは大学時代、サークルの仲間を通して知り合った。彼の趣味はスポーツ全般で、人懐っこい性格で友人も多い。最初は自分と全く違うところに興味を惹かれた。

いつだったかサークルの飲み会で、おれは珍しく酔い潰れてしまった。お酒に弱い後輩の代わりに飲んだせいだ。立っていられないほど酩酊したのは初めてで、途方に暮れていたところを、修司が介抱してくれたのだ。

彼は寮の隣人でもあり、しっかり者で面倒見が良くて親切だった。当たり前に気遣ってくれたただけなのに、その日を境に、おれは修司を特別意識するようになった。

彼もまたおれの気持ちに気づいて近づいてきてくれた。元々同性に対する好奇心もあったのだろう。ただ惹かれ合うまま、一緒に過ごした。

学生時代の甘やかで情熱的な関係。卒業してからも一緒にいようと結婚の約束も交わした。本当に嬉しかったし、そうなればいいと思っていた。

だけど「結婚」は、ただ好きというだけではうまくいかない。

「家族になる」というのは、自分たちの感情だけの話ではないからだ。同性愛への偏見がある環境下ではなおさら、コミュニティや家族の理解を得るには努力が必要で、一緒に歩む努力をしてくれる人とでないと、たどり着けない。

修司はそれを教えてくれた。思い出は温かくて複雑で、そう簡単には忘れられない。

　創真さんがいない羽瀬家の二階は、夜になるととても静かで、いつも以上に自分の内面と向き合ってしまう。

　布団に潜り込んでも修司の言葉を思い出し、感傷が波のように押し寄せる。

　寝つけずに何度目かの寝返りを打った時、スマホが振動した。ディスプレイに表示されたのは創真さんの名前で、慌てて応じると、なにやら賑やかな物音が聞こえる。

『あ〜、もしもし？　俺だよ、俺』

　怪しい詐欺の出だしみたいな口調に脱力する。しかも語尾がふわふわしている。

「もしかして、酔ってます？」

『少しだけ。本当にちょっとしか飲んでねえから』

　少しの量で相当酔っぱらうくせに、と内心ため息を吐きながら、それでも楽しそうな様子にホッとした。

『元気？　商店街の調子どう？』

　創真さんの声は不思議と気分を落ち着かせてくれる。ちゃんと聞きたくて、布団から起き上がり、スマホを耳に押し当てると、すぐ近くにいるような気がした。

「順調です。商店街の皆さんも、意気込んで準備しています。そっちは？」

『こっちも順調。この調子だと、遅くても絶対に明後日には帰れる』

「スムーズに話が進んだみたいで、よかったですね」

するとと電話の向こうでくつくつと創真さんが笑う。

「なんですか？」

『今、声がちょと明るくなった。俺が早く帰るのが嬉しいんだろ？』

「はぁ？　なに言ってるんですか。そんなわけないでしょ」

言い返すが、内心どきりとした。正直少し嬉しいと思ってしまったからだ。

『湊って結構寂しがりだよな。二階に一人きりだし、泣いてたらどうしようかと思って電話したんだぞ』

「泣きません。子供じゃないんだから」

強気に誤魔化すが、心配してくれて嬉しかった。こっそりと喜びを噛みしめていると、創真さんの声音が、ふいに真面目さを帯びた。

『なぁ……本当に大丈夫か？　なんかあった？』

「何も、ないですけど……なんでですか？」

『いつもより声が暗いから。俺、おまえの声が好きだから解るよ』

突然の告白に耳を疑い言葉に詰まると、創真さんは続ける。

『この間、俺の話を聞いてくれただろ。俺も聞くから話せよ』

つい先ほどまで色々と考え込んでいた。それに気づかれたことも意外だったけれど、声が好きだと言われたことに動揺した。

『それとも、俺に対してまだ遠慮とか、嫌悪感とかある？』

嫌悪感なんてない。それに素の創真さんは、最初に会った時よりずっと取っつきやすい。遠慮もいつのまにか消えてしまった。

「ない、です」

『おまえの友達くらいには、もうなれてる？』

毎日気軽なメッセージのやり取りをすることが、楽しいと感じる。この関係はもうとっくに、友達と呼ぶべきものだ。

「多分、そうかと」

認めると、電話の向こうで『やった』と喜ぶ声が聞こえた。

顔が熱い。電話で良かったと心から思う。

『だったら友達であるこの俺に、何があったか教えろよ』

友情を盾に脅迫する酔っ払いに、頬の熱を拭いながら応じる。

「どうしようかな。帰ってきたら、話してあげてもいいですけど」

『解った。じゃあ明日帰る』

悪ノリに小さく笑うと、電話の向こうで安堵の息が聞こえた。

『とりあえず他のことでいいから話して。今日のこととか、楽しかったこととか、どんなことを考えたとか。湊のことが、もっと知りたい』

教えてよ、と促す声に胸が苦しくなる。何も言えずにいると、創真さんが呻いた。

『……ああ。俺、失敗したかも』

何をだろう。耳を傾け言葉を待つと、創真さんが自嘲するように笑う。

『おまえのこと最初から、ちゃんとぜんぶ、受け止めておけばよかった』

懺悔のような言葉尻が、ふわふわと揺れる。多分睡魔と戦っているのだろう。眠すぎて、適当なことを言っているだけかもしれない。そう思いながらも、それ以上何かを聞いて、期待するのが怖かった。

「おれ、もう寝ないと。おやすみなさい」

無理やり電話を切る。そのまま膝を抱えて、うなだれる。

「人の気も知らないで……！」

創真さんにその気はなくても、些細な一言に一喜一憂する自分がいる。考えないようにしていたけれど、そろそろ限界だ。

いくら遠ざけようとしても、創真さんはいつのまにか、おれの心に入り込んでくる。声を聞いただけで、胸の中央が甘くて温かいもので満たされる。

自分の心を誰が占めているのかを、自覚せざるを得なかった。

翌日は児童館が休みのため、朝から商店街に出かけた。

イベントの事務所として使っている空き店舗で、細々とした準備に取り掛かっていると、商店街の人たちが手の空いている時間にぱらぱらとやってきては、準備を手伝ってくれる。対応に追われていた時、訪れる人に紛れて修司がやってきた。

「思ってたより大変そうだな。俺も手伝っていい？」

手伝いは基本有志だ。人手が欲しくて、商店街の人たちも知り合いに声を掛けている。その状況で修司だけを断る理由が見当たらない。しかも周囲の人々は彼のことを、おれの友人と認識したらしく、ごく当たり前に受け入れてしまう。

結局、持ち前のコミュニケーション能力を駆使し、あっという間にその場に溶け込んでしまった。相変わらず人の懐に飛び込むのが上手い。呆れると同時に少し感心する。

「広告代理店の知り合いから、スズイシ奏がこのイベントに参加するって聞いて、顔出してみたんだ」

修司はさらりとそう言ったが、改めて考えてみても妙な話だ。おれがこのイベントに関わることを、広告代理店の人間がなぜ把握しているのだろう。まだSNSで情報を公開していないし、そもそも代理店に懇意にしている人などいない。おれの詳細な居場所を知っているのもおかしい。

なんとなく、父が絡んでいる気配を感じた。

父は修司との付き合いもいつの間にか認識しており、ある日実家に帰ったタイミングで

「学生同士の遊びの付き合いだとしても、相手は選べ」と小言を食らったことがある。

「……芳条の会社に出向になったのは、いつから？」

「二週間くらい前かな、急に決まったんだ。良い部署だよ、働きやすいし」

思い過ごしならいい。そもそもこの件に関しては、父の思惑があるとも思えない。

当の修司もなんの疑いもなく、作業を続けている。

「こういうの、大学時代を思い出して楽しいな」

夕方、作業台で向かい合ってオーナメントを仕分けしながら、修司は言った。

店が忙しくなる時間帯だからか、気づけば事務所には、おれたちしかいない。

彼は学生時代、よく絵画サークルの展示の手伝いにも参加していた。言われてみれば、雰囲気が似ている気がする。

「最近は仕事ばっかだけど、その分頑張ったから、結構成績いいんだぞ」

「営業部だっけ？　君には天職かもね」

「向いてることは確かかな。今回の出向も、一応出世扱いなんだ」

「順調なんだね。よかった」

望む未来に近づけていることを喜ぶと、修司は改まった声で告げた。

「……だからもう、大丈夫なんだ」

何が？　と顔を上げると、修司は至極真面目な顔でおれを見ていた。

「あの時問題だったことが、もう問題じゃなくなったってこと」

そして、かつて恋人同士だった時によくしたように、おれの指先に触れた。

「湊にひどいことを言ったのを謝りたいんだ。親に説明するのが難しいとか、会社の評価に響くとか……そんなの、状況が変わればどうにでもなることだった」

指先を握りこみ、修司はあの頃の情熱を抱いたままの瞳で続ける。

「湊との縁を切ってしまったこと、ずっと後悔してた。俺たち、もう一度やり直せないかな。俺はまだ湊を……だからおれと付き合ってほしい」

突然の告白に困惑する。今更どうして、と思うが、修司は新しい環境に身を置いて考えが変わったのだろう。でもそれってつまり……。言葉を探していた時、物音がした。

背後を振り向くと創真さんがいた。驚きに目を瞠り、おれたちを凝視している。

咄嗟に手を引く。その行動もまた、後ろめたい風に映ったのかもしれない。

創真さんはぱっと目を逸らし、気まずさをやり過ごすように、手にしていたスーツケースを適当な場所に置く。

「創真さん、おかえりなさい……帰るの、今日だったんですか?」

立ち上がり駆け寄ろうとすると、創真さんは「いいから」と、手を軽く振る。

「飛行機のチケットが取れたから早めに帰ってきたんだけど、邪魔したな」

その口調は明るい。荷物の中から何かを探すのに忙しいのか、おれと目を合わせようとしない。表情もにこやかで、茶化すように続ける。

「その人彼氏？　二人でゆっくり話していいからな」

まるで本気でおれたちを、応援するかのような口ぶりだった。

そしてあっさりと事務所を出ていく。その態度に、おれは勝手に傷ついた。

解っていたはずなのに、改めておれに対して、なんの興味もないことを告げられた気がした。

昨夜の電話で声が好きだと言ってくれたのは、単純に言葉通りの意味でしかない。

おれ自身に向けた好意じゃない。というか、好きになってもらえるはずがない。

だって創真さんの恋愛対象は女性だ。ＥＮでいくら「運命の伴侶」と認定されようが、おれは最初から、創真さんの好きの対象から外れている。

勝手に好意を抱いた。それだけならまだしも、いつの間にこんなに期待してしまったんだろう……。

修司に何か声を掛けられたが、頭がうまく回らない。

適当に応じて、振り切るように外に出ると、創真さんは商店街の人々に囲まれていた。

労いの言葉を受けて、飾りつけに使われていた踏み台に上がり、皆に呼びかける。

「この後メインツリーと、ミニツリーが順次運ばれてくる。みんなで手分けして、設置作業頑張ろうな！」

拍手と歓声が上がる。商店街にとってはまさにヒーローみたいな存在だ。

その時前方で若い女性が何かにつまずいたのか、よろけるのが見えた。

創真さんがそれに気づいて駆け寄り、手を差し伸べる。照れくさそうにお礼を言う女性に優しい笑顔を向けながら、楽しげに言葉を交わす……。

その姿はとても自然でお似合いで、おれは改めて現実を思い知る。

どんなに望んでも、おれは最初からあの人の特別にはなれないのだと……。

ほどなくして大型のトラックに積まれた荷物が届きはじめると、商店街は一気に慌ただしくなった。早めに店を閉めて作業している人もいて、おれも当然、駆け回ることになった。

体を動かしている間は何も考えずに済んだ。でも一段落つくと、ぽっかりと心に穴が空いていることに気づいてしまう。虚無感を抱えて事務所に戻ると、見覚えのないダンボール箱が、十個程運び込まれていた。

これは何だろう？　と不思議に思っていると、事務所の奥から創真さんが現れた。

「湊、ちょっと荷解き手伝ってよ」

いつも通りの口調に安堵と同時に寂しさを覚えた。それをひた隠して頷くと、創真さんが開けた箱の中には美しいオーナメントが入っていた。シンプルな枝葉と小さな白い実。赤いリボンがアクセントになっている。初めて見るそれを、手に取って眺める。

「これ、なんですか？」

「ヤドリギって知ってるか？　そのオーナメント。ピリカの森の社長が、サービスでつけてくれたんだ。全部で五十個ある」

「そんなに？　すごいですね」

だろ、と笑う創真さんは、家を出る前と変わらない様子だった。箱からオーナメントを取り出し、天井の梁に試しに吊り下げて見せてくれる。

似たようなものを以前映画で見た記憶がある。確か海外では、クリスマスの一般的な飾りではなかっただろうか。

「ピリカの森の社長に湊のことを話したら、来年是非遊びに来てくれってさ」

そういえばそんな話もした。曖昧に頷くと「ああ、でもアレだな」と、苦笑する。

「さっきの男と一緒に行ったほうがいいよな。あいつ、湊の恋人だろ？」

何の気もなさそうに問われて、オーナメントを持つ指先が強ばる。

「そういう相手いたんだ。つうか湊、やっぱりああいう爽やかリーマン系がタイプなんだろ？　意外と面食いだし」

「恋人じゃないです」

きっぱりと否定したのに、創真さんは軽くあしらう。

「じゃあ元彼ってやつ？　昨日様子が変だったの、あいつのせいか。わざわざおまえに会いに来たなら脈アリだろ。ENに登録する必要なんてなかったんじゃねえの」

創真さんはくるりと背を向け、別の箱に手を伸ばしながら言った。

「とっととより戻せば？　おまえだって、まんざらじゃなさそうに見えたし」

おれはその憎らしい背中に向けて、手にしていたオーナメントを無意識に投げつけた。

驚いた顔で振り返る創真さんに向けて、間髪容れず言い放つ。

「よりなんて、戻すわけないでしょう！」

おれの気持ちは、簡単に動かせないところまで来てしまった。そうしたのは創真さんなのに、突き放すような言い方に腹が立った。

「人の気も知らないで……勝手に決めつけないでください」

創真さんは「なんだよ」と声を低くする。

「なんでキレてんのか知らねえけど、おまえこそなんだ。早く帰ってきてみたら、目の前で元彼といちゃつきやがって。放っておいたら、キスでもしはじめるかと思った」

「好きな人以外と、軽々しくキスなんかしません！」

創真さんは苛立ちを露に、おれの腕を強く掴んだ。

「俺とはしただろ。自分が死ぬほどチョロくて流されやすいって自覚はないのか？」

「あれは創真さんがおれを騙して、その気にさせたからでしょう」

睨み返すと、創真さんは酷薄な笑みを浮かべる。

「ああそう。だったら試してやろうか。……ヤドリギの下でキスするって話、あれなんでか知ってるか？」

海外ではクリスマスにヤドリギの下で、キスをする習慣があるらしい。これもまた、歌や映画で見聞きした程度の知識はある。

「そんなの、幸せになれるだとか、そういう縁起があるからじゃないんですか？」

「違う。ヤドリギの下でキスを拒むと、翌年の結婚のチャンスを失うんだってよ」

「えっ……」

それはたとえただのジンクスだとしても、おれにとっては恐れを感じる内容だった。見上げる先には、創真さんが取り付けたヤドリギのオーナメントが揺れている。

「つまり、ここでキスを迫られたら、おまえは拒めないわけだ」

創真さんの手が強く肩を掴んだ。ぎくりと体を強ばらせると、彼は口の端を上げ、強引におれの顎を掴んで唇を塞いだ。

何が起きたか解らなかった。ただ唇に触れる温かな感触には覚えがあって、息が交わるほんの数秒がすごく長い。

キスをされているんだと理解が追いついた途端、燃えるように体が熱くなった。

体を押し返そうとしたその時、ふいに唇が遠ざかる。

驚きに立ち尽くすおれを見て、創真さんは意地悪く笑う。

「ほらみろ。簡単にキスさせてんじゃねえよ、ざまぁみろ」

まただ。流される自分に腹が立つ。だけどくやしいことに、キスされて体中が熱くなるくらいには、もうこの人が好きだ。

それにやられっぱなしのこの状況も面白くない。創真さんが手をどけてくれないから、頬に集まる熱を見られていることも、妙な勘違いで、優位に立ったつもりでいることも。

「別におれは、あなたとキスしても何の問題もないんですが」

腹立たしさをぶつけるように告げると、創真さんは大きく瞬く。そしておれの言葉の意味に気づいて、狼狽えながら手を放す。

隠しても気持ちはそのうちバレる。いっそのこと、嫌われても構わないから、本音をぶちまけてやりたくなった。

「嫌がらせで、好きでもない相手にキスしてざまあみろ、だなんて。そっちのほうがざまあみろですよ」

負けじと言い返すと、創真さんはなぜか急に赤面した。

動揺も露に、置いてある段ボールにぶつかりながら、出入り口まで後退する。

「な、何言って……！　もうアレだ、俺、先に帰るからな！」

負け惜しみにすらなっていない捨て台詞と共に、事務所を出ていく。

これは、一矢報（いっしむく）いたのだろうか……。

だけど完全に想定外の反応に、おれもまた戸惑っていた。

それ以降、創真さんの様子がおかしい。

気づくとじっとこちらを見ているのに、目が合うと首を痛めそうなほど捻って逸らす。話しかけると語尾だけが不自然に敬語になる。仕方がないので放っておくと、面白くなさそうに近くをうろつきはじめるが何も言わない。耐えかねて「なんですか？」と訊ねると「別に、用がないといいちゃいけないのかよ」などと可愛くないことを言う。

それはまるで、今まで気にしていなかった相手に好意を寄せられていると気づいて、反応に困っている小学生男子そのものだった。おれより恋愛経験が豊富なはずでは……と不安になる。

そんな中、十二月最初の土曜日に商店街のクリスマスイベントが無事開催された。

皆で協力してロータリーに設置したメインツリーは、堂々とした佇まいを見せている。ゴールドクレストのミニツリーと、ヤドリギのオーナメントも至る所に飾られ、賑やかに街を彩っている。地元の電気屋さんや建設会社の人が、腕によりを掛けてライトアップしたこともあり、商店街全体が見違えるように華やいだ。

ツリーを彩るオーナメントも「手作り感がほっこりする」と好評で、手伝ってくれた子供たちにとっても、思い入れ深いものになったようだ。

おれの絵がベースになったことも、想像以上に喜んでもらえた。ＳＮＳで宣伝したところ「スズイシ奏監修」という宣伝文句も一役買えたのか、例年にない集客を見せている。

創真さんは裏方として、こまめに商店街に足を運んでいた。困ったことはないか聞いて周り、日々ミニツリーの様子を確かめ、手入れをする。その働きぶりは真面目で快活で、誰が見ても気持ちがいい。

ただ、おれに対する反応だけがおかしい。

由衣さんに言わせれば、「お兄ちゃんはいつも変だから」ということらしいのだが、おれが自分の気持ちを匂わせたために、ストレスを与えているのは明白だ。

ＥＮの登録が解除できるようになった時、創真さんはどうしたいのか、一度聞いてみたほうがいいのかもしれない……。

そんなことを考えていたある日の夜、創真さんに呼ばれた。

「湊、ちょっといいか」

珍しく真っ向勝負で声を掛けてきた。創真さんの気持ちを確認する良い機会だ。

従うと、招き入れられたのは彼の自室だった。

きちんと整理された室内は、落ち着いた色のファブリックで統一されている。棚にはいくつかの観葉植物とたくさんのキーホルダーが。壁にはこれまで仕事で出向いた先と思われる場所の写真やステッカーが貼り付けられていて、なんだかお洒落だ。

「そのへん、適当に座って」

　促されるままベッドの前に座ると、創真さんも遅れて隣に座る。

「これ、渡そうと思って……」

　北海道の地名が書かれた小さな紙袋。中身はストラップだった。白くて丸いシルエットの鳥が描かれたそれは、以前もらったハシビロコウのストラップによく似ている。

「可愛いですね。なんの鳥ですか？」

「シマエナガって言うらしい。なんとなくおまえに似てるなと思って」

「似て……ますか？」

「ああ。頭の形がまるっとしてて小さいところとか、集団で暮らすところとか」

　独特な感想だが、おれのことを考えて買ってきてくれたと思うと嬉しい。

「ありがとうございます」

　そっとストラップを握り込み、つい表情が綻ぶ。そんなおれを、創真さんはじっと眺めた。

　まるで観察するかのような視線に、身の置き所がなくなる。

「ツリーのオーナメント、あんな短時間でよく仕上げたな」

「あれは……殆ど子供たちが頑張ってくれたので。おれは紙に色を塗っただけです」

　時間に限りがある中で、効率を考えた苦肉の策だが、幸い喜んでもらえている。それに

「スズイシ奏監修」という名目にも沿えたように思う。

「作ってる間も楽しかったんですよ、大学の頃を思い出しました」

サークルで色々なものを作ったり描いたりした。懐かしい記憶を反芻していると、「そこにあいつもいたのか？」と、問う声がやけに硬い。

誰のことだと瞬くと、創真さんは微かに眉間に皺を寄せる。

「元彼だよ。おまえが絵を描いてることも、当然知ってるんだろう。あいつ、おまえの絵を褒めたのか？」

一応頷く。褒めてはくれた。ただし「上手い」だとか「きれいだ」といった感想程度のものだ。そもそも彼は、絵に対してそこまで興味があるタイプではない。

しかし創真さんは、なぜか傷ついたような顔をした。

どうしたんですか？　と訊ねようとしたとき、おもむろに伸びた指先が、おれのうなじから後頭部のラインをなぞった。

くすぐったさに身をよじると、何が気に入ったのか、さらに続ける。

「そ、創真さん、あの、何して……」

「髪、大学時代はこんなふうに短かったことは？」

「ない、ですけど」

「じゃあ、ここに小さいホクロがあること、あいつ知らないかもな」

指先でうなじを柔らかく撫でられて、ぞくりと快感を拾いそうになる。慌ててそこを手で覆う。非難の目を向けると創真さんは意地の悪い笑みを浮かべてからかう。

「湊、首まで真っ赤だぞ。もしかして、気持ちよくなっちゃった？」

「そ、そんなわけ……あっ！」

突然肩を押された。床に仰向けに倒される。そこに覆いかぶさるように、創真さんが見下ろしてくる。身構えると低い声で問われた。

「なぁ、この間変なこと言ってただろ。あれってどういう意味？」

その表情には、焦りとも苛立ちともとれないものが滲んでいたが、押し倒されている状況と急な話題転換に、頭がついていかない。

「変なことって、なんですか」

「俺にキスされても問題ないって言ったよな」

ここでそれを持ち出すのかと、一瞬言葉に詰まる。だけどおれの気持ちは、今更隠したって仕方がない。

「それが何か？」

「つまり俺が今ここで、もう一度キスしても構わないってことだよな？」

肩を掴む手に力がこもる。どういうつもりか解らないが、おれの意思は変わらない。

「遊びのつもりなら怒りますよ」

「遊びじゃない。試したい」

試す、という意図を計りかねていると、創真さんが武骨な指先でおれの唇を撫でた。

「おまえ、俺と最初にキスした時のこと覚えてるか？」

当たり前だ。騙されていたと知らず、無様に翻弄されたキスを忘れるはずがない。

「あの時おまえの気を引くために色々言ったけど……困ってる湊のこと、本気で可愛いと思ったんだ」

思わぬ告白に小さく喘ぐ。なんてずるいことを言うんだろう。混乱しているうちに、どんどん距離が近づいてくる。

そこでようやく少し焦った。咄嗟に体を押し返すが、逆に強く押さえ込まれる。

「嫌ならもっと拒め、ここにはヤドリギもない」

直前でそんなことを言われても、実質拒む暇なんてなかった。

言いかけた言葉は唇ごと塞がれた。不意打ちのキスを、この人ともう三度もしている。

結局受け入れてしまう自分の弱さを、少し恨んだ。

だけど三度目だから解る。創真さんとのキスは本当に気持ちが良くて、ただ触れ合うだけで心の隙間が満たされる。

ずっとこのままでいたいと思うほど、何もかもがぴたりと合う。

創真さんはどう思っているのだろう。同性は恋愛対象外のはずなのにこんなことをするのは、もしかしたら、おれの気持ちに応えられるかどうか試してくれているのかもしれない。

　だけど性的指向がいきなり変わるだなんてこと、ありえるのだろうか。

　キスまでならできる人もいるらしい。だけどその次は？　体を見た瞬間、やはり無理だと再確認するだけなんじゃないだろうか。

　そう思った途端、不安で体が強ばる。もしこのまま服でも脱がされて、煌々とした灯りの下で、改めて男の体を認識したら、創真さんはきっと我に返るだろう。

　その瞬間、おれたちの関係は完全に終わる。

　ＥＮがいくら「運命の伴侶」として結びつけようとしても、決定的に上手くいかない確かな証明になってしまう。

　怖くなり、強く胸を押し返すと、意外にもあっけなく創真さんの下から抜け出すことができた。急いで離れようとしたが、後ろから伸びた手に強引に引き戻された。

　膝の上に座る体勢で捕らえられて、さきほどより逃げようがない。

　その状態で創真さんは「まだ終わってない」と低く囁く。

「なぁ、元彼とはどんな風にしてた？　おまえって抱かれる方で合ってる？」

「な、何言って……あっ！」

　急に腰が外気に触れた。慌てて手を伸ばすが、下着とズボンがいつの間にか膝まで下げられている。

「ちょっと待って、ダメです！　やめて……」

　せめて見られたくなくて、ぐっと体を縮めると、創真さんは躍起になって、服の裾から武骨な指先を滑り込ませる。上半身をまさぐり、器用に両胸の尖りを掻く。

　その途端、甘い電流が体を駆け抜けた。

「……っ！　……ぁ……」

　何度も何度も執拗に繰り返される刺激に、頭の中が痺れていく。突き抜ける快楽に声を殺して喘ぐと、耳元で創真さんが嗤った。

「湊って意外とエロいな。ここで気持ちよくなれるくらい、あいつとヤッたのかよ」

　過去の情事を叱責するように先端を摘まれて、意思とは関係なく体が跳ねた。

「やっ……！　そこ、だめっ」

「感度良すぎだろ。見かけによらず結構遊んでる？　今まで何人くらいと寝たの？」

　意地の悪い言葉で責めながら、創真さんが胸から手を離す。ホッとしたのも束の間、今度は両足の内腿に手をやり、無理やり開かせようとする。咄嗟に膝を抱えたが、創真さんの手は既に内股に入り込んでいて、柔い部分を掴み、容赦なく押し開く。

　そして「おとなしくして」と窘めると、緩く勃ち立ち上がっていた性器に触れた。

　こんなこと、あるはずがない。動揺している間に創真さんの指先が、おれの先端をこね

はじめる。優しく愛撫し、そのままゆっくりと全体を擦る。

「ま、待って、どうして？　ダメ……！　ダメですってば！」

「痛くしないから。それに試してみたら今までのどの男より、俺とするほうが気持ち良いかもしれないだろ」

創真さんの手が、ぎゅうと竿全体を包み込む。大きな手が与える刺激に、不覚にも興奮し、あっという間に快楽に流され、上り詰めてしまう。

「あっ……だめっ！　いっ………ぁっ！」

久しぶりの感触、それも創真さんに与えられた刺激は強すぎた。

両手で自らの口を押さえて声を殺すので精いっぱいで、腰が無様に震えるのを止められない。大量の白濁が溢れ出す感覚に、ひどい罪悪感に駆られた。

それなのに創真さんは追い討ちを掛けるように、精液にまみれた手を目の前に掲げる。

「すげー量。興奮した？　湊って結構淫乱だな」

自分の粗相を見せつけられて、猛烈な恥ずかしさにはくりと喘ぐ。

嫌だと言ったのに。こんなことをして、創真さんはおれを何だと思っているんだろう。

羞恥は急激に苛立ちに変わり、おれは思いきり創真さんに肘鉄を食らわせた。

「いって！」と声を上げてのけ反る彼の腕から逃げ出し、おれはずり落ちた服を引き上げながら叫んだ。

「こんなことされたら出ちゃうに決まってるでしょう！　無理やり襲っておいて淫乱だのなんだの、自分も散々経験があるくせに処女厨みたいなこと言わないでください！」

肩で息をしながら訴えると、創真さんは今更青ざめて「ごめんなさい……」と呟く。

どうしてこんなことに……創真さんがあんな風におれに触るだなんて……！

混乱の渦に飲まれていると、階下から声が聞こえた。

「お兄ちゃん、北海道から荷物届いたよ～」

のん気な声に二人同時に飛び上がるほど驚いて、おれは素早く自室に逃げ込んだ。


その翌日、おれたちは盛大にぎくしゃくしていた。

しかし顔を合わせたくない時ほど、なぜか鉢合わせる。

朝起きて早々洗面台で。トイレの前や、冷蔵庫に飲み物を取りに行く時など、これでもかというほどタイミングが合ってしまう。その度に何か言うべきか迷うが、結局言葉が浮かばない。二人とも挙動不審で、その様子は由衣さんにも不思議に映ったのだろう。

「なんか、つき合いはじめてすぐにケンカしちゃったカップルみたいだね」

思いも寄らぬ指摘に、二人同時にぎょっとする。

「つきあってねえから！」

「カップルじゃないので！」

急に叫んだせいで、チョコが驚いて吠えはじめ、ラテは素早くお爺さんの背中をよじ登る。そんな二匹を宥めながら、お爺さんが「何があったか知らねーが、ちゃんと仲直りしろよ」と呆れた口調で言った。

仲直りといっても、こういう場合はどうしたらいいんだろう。

悪いのは絶対に創真さんだ。しかもされたことがひどすぎる。

とにかく時間が必要で、結局ガレージのアトリエに逃げ込んだ。

絵を描くことに没頭すれば冷静になれるはずだった。けれどそもそも集中ができない。

時間が経つにつれ、頭の中は創真さんのことで埋め尽くされていく。触れられた感触や温もり、鮮明に記憶に残る不埒な行いのせいで、とても絵を描けるような心境ではない。

散歩にでも出るべきか迷っていると、スマートフォンにメッセージが入った。

それは修司からで、今日の午後時間がとれないか、という内容だった。

正直あまり会いたくない。だけど修司ともきちんと話をしなければならない……。

考えた末に了解の返事をし、待ち合わせ場所に、金木犀商店街の先にある大きな公園を指定した。時間通りに向かうと、入り口に修司の姿があった。

「湊、来てくれてありがとう」

付き合っていた頃、この笑顔見たさに何でも許した。それは、甘くて少し苦い思い出としておれの中に残っている。

「歩きながら話そうか」

促すと、修司は少し緊張しているようだった。間に一人入れる程度の距離を保つのは、修司の歩く時の癖だ。付き合った当初は気にならなかったそれが、傍から見ると恋人だと勘ぐられない距離感だと気づいた時、密かに傷ついたことを思い出す。

そもそも修司は、大学でおれとの関係を公言しなかった。その分寮の部屋では埋め合わせるようにくっついてきてくれることが嬉しかった。秘密めいた関係を、おれもよしとしていたので、いいも悪いもないのだけれど。

「この間はいきなり告白してごめん。自分勝手だとは思ったけど、焦ったんだ、まさかこんなチャンスが巡ってくるなんて思ってなかったから、舞い上がって……」

チャンス、と小さく繰り返すと、修司は頷く。

「俺の仕事や環境も整って、湊とまた会えた。これって運命の巡り合わせだろ？」

確かに以前なら、おれも運命と結びつけて考えていたかもしれない。

だけど心が微塵も動かない。それは修司の言葉が、別の意味合いに聞こえるからだ。

「修司、おれはきみとは付き合えない。今日はそれを伝えに来たんだ」

告白されて驚きはしたけれど、あの時点で答えは決まっていた。忘れられない思い出に違いないけれど、おれたちの関係は、今年の初めに別れ話をした時に終わっている。

しかし修司は困惑の表情を浮かべた。

「……それは、なんで？」

「おれは、ちゃんとおれを選んでくれる人と結婚したいから」

「だから……結婚も視野に入れてるつもりで話してるんだけど。あのさ、俺が今いる部署、多様性を重視してて同性婚にも偏見がなくて、会社の評価にも影響がないんだ」

「それは、すごくいい環境だね」

「だろ？　仕事でも結果出せてるし、芳条グループにいる今なら、俺の家族も湊のことを受け入れやすいと思う。湊もアーティストとして売れはじめてるし、タイミング的に偏見とかそういうの、大分和らぐと思うんだ」

「……例えばの話だけど。もしおれが実家と縁を切ったとしたら？　腕を怪我して絵が描けなくなったら？　何年か後に、きみが元の部署よりもっと堅い職場に異動になったら？それでもおれとの結婚を、後悔しないでいられる？」

修司の言う「運命」とは結局のところ「都合がいい状況が整った」という意味にしか聞こえない。創真さんが言っていた、後付けの自己都合にすぎないもの。

そう感じてしまうから、これはおれの「運命」じゃないと、はっきりと解る。

だとしたら、運命ってなんだろう？

考えると、漠然とだが「どうしようもないもの」という言葉が浮かぶ。

どう足掻いても、遠ざけようとしても離れられないもの。忘れることもできなくて、自分の意思とは裏腹に時に強引に人生に割り込んでくるもの。

　横暴で、手の打ちようがなくて、くやしいけれど、認めて受け入れるしかないものを「運命」と呼ぶのではないだろうか。

　それは何かと自分に問うと、思い浮かぶのは、どうしようもないあの人だ。

「何その例え話……でも、たとえそうなったとしても、湊が望むなら頑張るよ」

「……どういう意味？」

「湊はどうしてほしい？　湊が望むなら、俺も今度こそ覚悟を決めるから」

　修司は誠意を示そうとしてくれているのだろう。でもおれはその答えに落胆を覚えた。

「……ごめん」

「俺のことやっぱり許せない？　別れる時喧嘩して、結構ひどいこと言ったもんな」

　そうじゃないと首を横に振るが、納得できないらしい。

「周りからどう見られるかとか、親の反応とか、そういうのを気にして湊に寂しい思いをさせてた自覚もある。だけどあの時も俺、今と同じことを訊いたよな？」

　別れ話の際、修司は確かに同じことを言った。

「湊はどうしてほしいのか、あの時も訊いた。だけど湊は何も望まなかっただろ。俺は一緒に色々、乗り越えていきたかったのに……」

　言われた時、混乱した。というより傷ついたと言ったほうがいい。一緒に乗り越えたかったと言うけれど、結局のところ、修司は大事な決断を人任せにしようとした。

社会的な立場、家族や親戚との付き合い方。おれという存在が、修司の人生の足枷になる時が来るかもしれない。「それでも一緒にいてほしい」と、おれに言わせて、自分で決めようとはしなかった。今もそうだ。

「あの時、もし湊が何かを望んでくれてたら、今も一緒にいたはずだ」

そうだろうか。むしろ熱量や価値観の違いを、時間を掛けて決定的に思い知ることになっていた気がする。

修司を好きだったという感情と記憶には、いつも微かな苛立ちが含まれている。

自分の意思では、おれを選んでくれなかったくせにと思ってしまう。

「……そんなだから、何も望めなかったんだよ」

修司は困惑も露に瞬く。解ってもらえないことが苦しかった。

「会いに来てくれて、心配してくれてありがとう。……どうか元気で」

思い出ごと振り切りたくて修司に背を向ける。足を踏み出すと、腕を掴まれた。

「ちゃんと解るように話せよ！　湊はいつもそうだ、自分の中で勝手に答え出して見切りつけるところあるよな、きちんと説明してくれなきゃ解んないって！」

そんなことまで言わせるのかという焦燥と、どこまでも通じ合えない虚無感に襲われる。

掴まれた腕が痛い。振り払おうと踠（もが）いたその時、猛然と近づいてくる足音が聞こえた。

おれを掴む修司の手を外し、庇うように間に割り込む。

大きな背中に隠された時、それが創真さんだと気づいた。

「本気で大事なら自分で選べよ！　人に選ばせる程度の覚悟なら、とっとと帰れバカヤローって意味だ！」

怒気を含んだ言葉は、おれがずっと言いたくて、言えずにいた言葉だった。

創真さんが言ってくれた。思わず縋るように背中に手を置くと、創真さんは勢い良く振り返る。そしておれを軽々と横抱きにすると、修司を一瞥した。

「こいつは、おまえにだけは絶っ対にやらねえからな！」

捨て台詞を吐いて、その場から駆け出す。

思わぬ展開に創真さんを見上げると、険しい表情で前を見ている。

公園の中を突き進み、池の前に大きな立ち木の並ぶ場所でようやく足を止める。

ベンチにおれを下ろすと、自分も隣にどかりと座るなり「くそっ！」と悪態を吐く。

「なんだあいつ。湊、男の趣味悪いな！」

「そんな力いっぱい言わないで……というか、なぜここに？」

「おまえが思い悩んでる顔して出かけるのが見えたから、気になって跡つけたんだよ」

ストーカーめいた行動をしたくせに偉そうに開き直るので、呆れて肩の力が抜けた。

「それ、時と場合によっては犯罪ですよ」

「セコムと言え。結果、ついてきて良かっただろうが」

　事実助けられた。あのまま口論が続けば、修司にひどい言葉を沢山ぶつけていただろう。以前の別れ際も、今みたいな流れで言い争いになった。互いを傷つけ合い、自分のことがすごく嫌になった。もう一度あれを繰り返すのは、想像しただけでも辛い。

「……ありがとう。助かりました」

　お礼を伝えると、創真さんは溜飲を下げたのか小さく頷く。視線の先を追うと、池の水面が美しい漣（さざなみ）を立てていた。彩りの葉が、上からはらはらと舞い落ちる。

　目に映る光景の思いがけない美しさに、心が静かに凪いでいく。

「前から思ってたんだけど、訊いてもいいか？」

　遠慮がちに問われて頷くと、創真さんは微かに首を傾げる。

「湊はどうしてそんなに結婚したいんだ？　まだ若いし、誰かにそばにいてほしいなら、恋人を作ればいいだろう」

　創真さんはおれの結婚願望を、純粋に不思議に思っているようだ。確かに寂しいだけなら、誰かと寄り添っていれば心は満たされる。

「それだと結局、別れてしまえば、おれの欲しいものは何も残らないから……」

「何が欲しいの？」

「なんて言うか……家族のつながりとか、誰かに寄り添って生きた時間というか、経験みたいなもの。誰かの一番大切な存在だったっていう、自信が欲しいんです」

　信頼し、尊重し、支え合う。恋人とは違う、人生を共にするパートナーとしか築き上げることができない関係性。それを欲する理由の根源はとても子供っぽくて、自己中心的な考えだ。それでも……。

「おれは誰かにちゃんと選ばれて、その人の人生の輪の中に入りたい」

　ENに登録した時、まだ見ぬ相手に期待して、一緒に生きる未来を想像した。だから「運命の伴侶」が存在するという僥倖(ぎょうこう)を喜んだ。それほど相性が良いのなら、きっと特別な関係になれると思ったから。結局、叶わない夢だったけれど、これから先、そういった人に出会える希望は持ち続けたい。

　顔を上げると、ざあっと強い風が吹きつけて、水面が大きく揺れた。諦めるなと鼓舞するような美しさに、少しだけ気持ちが上向く。

「それ、相手は俺じゃだめか？」

　風の音に紛れた声を、何かの間違いだと思った。

　なに？　と瞬きながら見ると、創真さんはおれに向き直り、真剣な眼差しで訊ねる。

「俺がおまえを選んで、一番大切にするって言ったら？」

「え？　……だって……」

　創真さんは異性愛者だ。おれを愛することはできないはずだ。

なぜそんなことを、という疑問は、すぐにある一点に行き着いた。

創真さんはおれに同情したのかもしれない。先ほどの言い争いや、おれの事情。それらを知って哀れに思ったのだろう。羽瀬家に連れて帰った時同様、彼の優しさが口をついて出ただけ。大切にすると言っても、色々な形がある。

きっとそういう類いの申し出に違いない。困惑を混ぜた笑みを返すと、創真さんはくやしげに微笑む。

「あーあ。本当に失敗したな……最初に騙そうとなんてするんじゃなかった」

声音は少し寂しそうで、後悔に満ちている。どきりとしながらも反応できずにいると、創真さんはもう一度、はっきりと告げる。

「詐欺師まがいのことをした奴が、今更何言ってんだって話だけど……俺、湊のことが好きだ。本気だって信じてもらえるように頑張る。だから考えてほしい」

真実としか思えない告白に、おれはただ困惑した。


同情、哀れみ。そういう気持ちが少しでもあるなら、断ろうと思っていた。

だけど創真さんはそれ以来本当に真摯に、おれに対して愛情を示し続けた。

元々優しい人だったけれど、何気なく気遣われる機会が増えて、「大切にする」という言葉を実践してくれているのが行動から伝わってくる。

他愛のない会話は心地よく、ふとした時に温かい眼差しを向けられる。

信じていいのだろうか、という疑問が、信じたい、という気持ちに変化するのに、さほど時間を要さなかった。

そんなある日、創真さんが部屋を訪ねてきて言った。

「明日から一泊二日で仕事に行くんだけど、一緒に来ないか？」

創真さんは最近、アフターサービスの営業に力を入れていて、その流れで納品先の植物園に出向くことになったのだという。

「邪魔じゃないですか？」

「軽く顔出すだけだから。むしろ一緒に来てほしい。デートしよう」

「で、デート？」

直球の誘いにおれが戸惑っても、創真さんは攻撃の手を緩めない。

「温泉があって景色も綺麗なところだから、湊も気に入ると思う。絶対楽しませるって約束するから、一緒に行こう」

創真さんは距離を詰めてくる。「泊まりがけ」という誘いと熱い眼差しに気圧されているうちに、壁に背が当たり逃げ場を失う。狼狽えたところで、創真さんがふっと笑った。

「そんな身構えんなって。よくよく考えたら俺たち、まともなデート、まだ一度もしてないだろ？　だからどうかなって」

言われてみればそうだ。動物園のデートは創真さんに思惑があった。

「それに二人きりで落ち着いて話したい。ここだと色々邪魔が入るからさ……」

言いながら指さす先で、ラテが創真さんの足を意気揚々と登りはじめている。

創真さんは、ラテを抱き上げて「キャットタワーじゃねーんだぞ～」と言い聞かせる。

確かに、二人で話す良い機会かもしれない。

「行きます」

答えると創真さんは「やった」と目を輝かせた。

微かに照れくさそうな笑顔が眩しい。というか彼の一挙一動から目が離せない。創真さんの言う通り、おれはとんでもなくチョロいのかもしれない。

そんな心の有り様に気づいているのかいないのか、翌朝の出発の時点から、創真さんはアプローチをしてきた。

まず車に乗る際、丁重なエスコートを受けた。「どうぞ」とドアを開けて促された助手席には、飲み物やお菓子など、ドライブを快適に過ごせる準備が完璧に整えられている。

「目的地までは二時間くらいかな。途中休憩も取るし、具合が悪くなったらすぐに言って。音楽も好きなの掛けて。よければ湊の好きな曲教えてよ」

タブレットを渡され、至れり尽くせりの状況に目が回りそうだ。

動き出した車の中で、互いの好きな曲を交互に掛けると、音楽の趣味が合うことが解った。心地のいい曲を聴きながらドライブするのは楽しくて、少しも退屈しなかった。

あっという間にたどり着いたのは箱根の入り口と言われる小田原駅で、創真さんは駅にほど近い駐車場に車を止めた。

「ここからは電車で行こう。ちょっと珍しいから、湊もきっと気に入ると思う」

何気なくおれの歩くスピードに合わせながら、創真さんはふと手を差し出す。

「手つないでもいい？　デートだし」

さりげない言い方だけど創真さんの耳が赤い。それに気づくと余計にこちらも照れる。おずおずと手をつなぐと大きな手のひらが、おれの手を優しく握り返す。

その温かさに慣れるのに、しばらく時間が必要だった。

乗り込んだ電車は登山電車というらしい。日本でも珍しいスイッチバック方式で、急斜面を進行方向を変えながら登っていく。その様子が物珍しくて楽しかったし、何より車窓の景色が素晴らしい。見るもの全てに感動しっぱなしだった。

しかも創真さんは「楽しませる」と宣言した通り、おれの好きそうな場所をいくつかピックアップしてくれていた。

「箱根って結構美術館が多いんだ。どこがいい？」

提案された幾つかのコースの中から、彫刻美術館を選んだ。以前から一度行ってみたいと思っていた場所で、広大な野外の敷地に魅力溢れるオブジェや彫刻が、ダイナミックに展示されている。創真さんは始終驚いたり感動していて、おれも気兼ねなく楽しめた。

広い芝生に伸びる遊歩道は、ただ歩くだけでも気持ちがいい。創真さんも「ここ、手つないで散策しやすくていいな」と笑う。そんな横顔を見上げる度に胸が熱くなった。

途中から創真さんがオブジェと同じポーズで写真を取り出したのでひとしきり笑い、ショップで羽瀬家へのお土産を選んでいると、いつしか二人とも腹ペコになっていた。

何か気軽に食べられるものでも、と話していた時、キッチンカーを発見した。どうやら燻製(くんせい)された鯖(さば)やサーモンやチキンなどを使ったサンドイッチを販売しているらしい。

魅力的なメニューを前に悩んでいると創真さんが「別のを買って半分こしよう」と提案する。二人だとこういうことができるのが嬉しい。テラス席で、会話を交えながら食べていると、創真さんがむず痒そうな表情でじっと見てくる。

「どうかしました？」

「湊、ソースついてる」

口元を示されて慌てて拭う。手にマスタードがついた。子供みたいで恥ずかしい。

「早く教えてくださいよ……」

思わず訴える。けれど創真さんが「いや……なんか可愛いから見てたくて」などと言うので、そこからは心臓がバクバクして味がよく解らなくなった。

楽しすぎて忘れていたが、仕事という名目だったことを思い出したのは、強羅という登山電車の終点駅で降りた時だった。

「おーい、羽瀬さーん」

優しげな印象の恰幅(かっぷく)の良い男性が、親しげに手を振っている。年齢は五十代くらいで、仕事着と思われるジャンパーを身につけていた。

「あの人は今から行く植物園の職員さん。古い知り合いなんだ」

創真さんが手を振り返すと、職員さんは嬉しそうに応じてくれた。

「もしかして、迎えに来てくれたんですか？」

「お客さんの送迎がてらね。この電車かなと思って待ってて正解でした。近いけど、歩くと結構大変だから」

ワゴン車に誘導されて、乗り込んでほんの数分。それでも歩けばかなりの労力だったであろう坂道の先に見えたのは、羽瀬家のグラスハウスによく似た建物だった。

南国の花木を集めた植物園は、まるで常夏のような暖かさに包まれていた。創真さんは早速相談を受けながら、樹木の様子を確認していく。邪魔をしてはいけないと思い一人で園内を散策していると、色鮮やかな花が咲き乱れる一画に出くわした。

ピンクや白や紫のブーゲンビリア。その複雑で美しい色合いが、ふいに創作意欲を刺激した。衝動を心に留めておこうと観察する間にも、新しい構想が溢れ出す。

これを描くとしたらどんな構図が映えるだろう。どんな色で、どう表現しよう。

改めて、もっと色々なものを見たいと思った。そして色々な絵をたくさん描きたい。そんな衝動に駆られていた時、美しい蝶が目の前をよぎった。

植物園の中で羽化したのだろう。それがなぜか、またもやおれの鼻先に止まった。

除けようと奮闘していると、偶然通りがかった創真さんが気づいてくれた。

小さく笑いながらおれに歩み寄り、あの時のように優しく蝶を除ける。

「あ、ありがとうございます」

「湊って、蝶に好かれやすいのな。それともここ、止まりやすいのかな」

創真さんは悪戯めいた仕草で、おれの鼻先をぎゅっと優しく摘む。愛情のこもった不意打ちに、ものすごくどぎまぎした。

戯れに似たやりとりを、職員さんは親密なものと受け取ったらしい。

「もしかして、二人はカップルなの？」

直球な質問に咄嗟に否定しようとしたが、創真さんが先に首を横に振る。

「まだ。今必死に口説いてるところ」

堂々と宣言されて動揺し、思わず数歩よろめいた。

もしダメならそれで構わない。ただ、答えをもらうまでは手を緩めない。そんな姿勢で口説かれたら、絆されるに決まっている。じりじりと燃えるような熱を抱かされたまま、いつしか創真さんを目で追わずにはいられなくなっていた。

　程なくして無事に仕事が終わり、外に出ると日が傾きはじめていた。

　そろそろ宿に向かうのだろうと予想していたが、創真さんは「ちょっと寄り道しよう」と言った。

　いつの間に交渉していたのか、管理人さんが運転するワゴン車に乗るよう促され、車は山道をひた走る。

「今年は暖かかったから、まだ見頃なんだって」

　ほら、と窓の外を示された次の瞬間、視界が唐突に開けた。

　なだらかな山の斜面に広がる、一面のすすき草原。黄金に輝く穂が風を受けて一斉に揺れる。自然が作る圧倒的な美しさに思わず声を上げた。

「気に入った？」

「はい、すごく……夢みたいに綺麗ですね」

　感動に、大きく息を吐く。

「俺と一緒に、もっといろんな景色を見に行こうよ」

　創真さんの言葉が胸を打つ。この人となら本当に、どこまでも行ける気がした。

　すすき草原を散策後、旅館まで車で送り届けてもらったのだが、あまりにも立派な外観に驚いた。歴史を感じさせる和風建築。「翠尾楼」と名の入った暖簾（のれん）が揺れる入り口の中に一歩入ると、百年前にタイムスリップしたかのような趣のある内装に息を呑む。

通された部屋がまた素晴らしかった。和モダンの雰囲気で統一された部屋は、広くて清潔感があり、ウェルカムドリンクに地元の茶菓子、添えられた手書きのメッセージ等、至る所に宿の心遣いを感じた。

バルコニーには露天風呂があり、それに面する景観は見事な紅葉に染まっている。

おそらく、かなり高級な宿なんじゃないだろうか。

「あの……不躾ながら、こちらの宿代とか、本日の費用は？」

訊ねると創真さんは、「あー…」と言葉を探すように首の後ろに手をやる。

「気にしないでって言っても気にするだろうから言うけど、俺に払わせてほしい」

「そんな、おれも半分出します」

「誘ったのはこっちだし、カッコつけさせてよ。それでも気が引けるっていうなら、商店街のイベント案の報酬だと思ってくれればいいからさ」

当然気が引ける。だけどそこまで言われては、受け入れるしかない。

それに、おれとの時間を大切にしてくれているのだと思うと、正直嬉しい。

「ありがとうございます。こんな素敵な部屋を取ってくれて……」

ふと目を向けた先に続きの間がある。綺麗に整えられたベッドが二つ並んでいるのを見て、勝手に意識してしまい緊張した。

「夕飯までまだ時間がある……となると、やることはひとつだな」

「何を……するんです？」

ベッドから視線を引きはがしながら訊ねると、創真さんはこともなげに言う。

「決まってるだろ。温泉旅館に来たら最初にすべきことだよ。ほら、服脱いで」

促しながら自分もコートを躊躇いなく脱いでいく。

困惑した。まさかと思いながら不埒な妄想が脳裏をよぎる。そういえば創真さんて明け透けな人だった。最初に会った日も、恥ずかしげもなくセックスの相性がどうのと言い放った。この間も部屋でいきなり押し倒された……だけどそんなはず、あるわけが……！

動揺していると、浴衣を押し付けられた。

濃いグレーにかすりの縞模様のものと、白地に織模様のもの。交互におれに押し当てて、納得したように頷く。

「湊は白のほうが似合うな」

一式をおれに手渡し、自分はもう一方の浴衣と、部屋に用意されていたタオルなどの入った手提げを引っかけて、部屋の入り口に向かう。

「俺は大浴場の方行ってくるから、湊は部屋の露天風呂入りな。後で感想教えて」

「え？　ハイ……あの。『やること』って？」

「風呂。温泉入りたいだろ？」

なんて紛らわしい言い方だろう。とんでもない勘違いに羞恥で爆発しそうだ。創真さんはそれに気づかずに「じゃあ、すぐ戻ってくるから」と言って部屋を出ていく。

一人取り残されて、何度か大きく深呼吸した。

簡単に翻弄される自分が情けない。だけど好きな人とこんなシチュエーションなのだから、意識しないというのも難しい。それでも少し冷静になるべきだと思い直して、おれも露天風呂に入ることにした。

外気が冷たい分、湯船につかると気持ちが良かった。ホッとすると頭が冴えていく。もし一緒に入ろうと言われていたら、恥ずかしさと緊張で自分を見失っていたかもしれない。

多分、気を使ってくれた。そんなところも含めて、おれは創真さんが好きだ。

今日だけで何度も実感した。あの告白を受け入れたい。

だけどどうしても、確認しなければならないことがある……。

訊ねることすら正直怖い。だけどこれから先、創真さんとどうなりたいかを考えると、避けて通れない問題がある。

おれは創真さんに抱かれたい。心だけでなく、ちゃんと体ごと愛されたい。

だけどおれの体は男のそれだ。お湯の中で自分の腕や足を触るが、当然どこにも女性のような柔らかさはない。感触が違う。それ以前に見た目が違う。

それでもいいと、言ってくれるだろうか。

訊くのを想像するだけで怖い。だけど万が一奇跡が起きて、受け入れてもらえたとしたら……。

都合の良い未来を想像しかけて、慌てて湯船に潜り込んだ。


風呂から上がり、浴衣に着替えてリビングに戻ると、創真さんが先に寛いでいた。

グレーの浴衣は、男前な容姿をとてもよく引き立てている。

「すごく似合いますね」

素直に感想を伝えると、まんざらでもなさそうに立ち上がる。

「湊も似合ってるよ。いつもより大人っぽく見える」

そう言われるとなんだか嬉しい。しかも「湯冷めしちゃいけないから」と、浴衣と揃いの羽織を手渡してくれたのだが、身につけてはじめて、創真さんの浴衣と配色が対称になっていると気づいた。跳ね上がるカップル感に一人で勝手に照れる。

丁度夕飯の時間だったので、ダイニングに向かう。予約してくれていたのだろう、雰囲気のいい個室に通されて、地元の肉や魚、野菜がふんだんに使われた懐石料理を心ゆくまで堪能する。

どれも美味しくて、二人でゆっくりと過ごす時間がものすごく贅沢に感じられた。

食事を終えて部屋に戻る前に、館内を散策することにした。

有形文化財に指定されている建物は見て回るだけでも楽しい。所々に館内の雰囲気に合わせた観葉植物が置かれているが、聞けばこれも創真さんが請け負っているのだという。

「この旅館のオーナーとは、仕事先で知り合いになったんだ。今も懇意にしてて……実は湊に、見せたいものがある」

部屋とは違う方向に向かい、内庭に面したラウンジで足を止める。

見て、と示された方向に目を向けて、あっと息を呑む。

そこにはおれが大学時代に描いた、黄金色のイチョウの木の絵が飾ってあった。

「何年か前に、金沢の大学に講演会のゲストで招かれたことがある。確か観葉植物と住居を題材にした内容で、この旅館のオーナーもゲストの一人だった。その時にこの絵を見て気に入って、大学側に頼み込んで購入したらしい」

当時大学づての申し出に喜んで応じたが、そんな経緯を辿っていたとは知らなかった。

「俺もその時にこの絵を見たんだ。色合いや構図がすごく心に刺さって、印象に残ってた。俺が買っても飾るところもないし、写真だけ撮らせてもらって時々見てたよ。これを描いた人は、いつか必ず有名なアーティストになるだろうって信じてた……つまり俺はその時からの、湊の絵のファンなんだ」

この絵を好きだと言ってくれたことを覚えていてくれた。喜びで息が詰まる。

「創真さん、おれも覚えてます。あの時、あなたが褒めてくれたこと」

「え？　だって……」

「偶然近くにいたんです。あなたの言葉があったから、おれは絵を描き続けている。ずっとお礼を言いたかった……だからENを通してあなたに会えて嬉しかったんです」

創真さんは驚いたように瞬き、口元を押さえる。

「そうか……俺たち、会う前からお互いのこと、知ってたんだな」

照れくさそうに笑う。それだけで胸がいっぱいになった。

お互い堰を切ったように、あの時の思い出が溢れ出す。話はいつまでも尽きなかったし、今のこの親愛に満ちた関係性がどうしようもなく愛おしかった。

けれど創真さんは、部屋に戻ると少し緊張した面持ちになる。

「あのさ……湊に改めて、伝えたいことがあるんだけど」

窓に面した座椅子に並んで座るよう促しながら、畏まった声音で言う。

従うと、創真さんは小さく息を整えた。

「最初におまえを騙そうとしたこと、改めて謝りたい。それと、この間の告白の返事を聞かせてほしい」

真剣な様子に胸を打たれ、おれも覚悟を決めて頷く。

「謝罪はもういいんです。騙そうとした理由があったことも、あなたがちゃんと後悔していることも解っているから。それにおれも、創真さんがすごく好きです」

素直に気持ちを伝えた。いくら考えても答えは同じところにたどり着く。

「最初は許せないって気持ちもあったけど、どうしても創真さんのことが気になって、気づいたら出会った頃よりずっと好きで、それは覆らなかった」

「本当か？」

おれが頷くと、創真さんの表情にはっきりと嬉しさが滲む。

「だけど……本当におれでいいんですか？」

「どういう意味？」

困惑を浮かべる彼に、緊張しながら訊ねる。

「おれは男です。創真さんは異性愛者でしょう？　おれを愛せますか？」

根本的な問題だった。本来であれば、おれは創真さんの性愛の対象ではない。

「おれは好きな人とは積極的に触れ合いたい。男であるおれが、そういうことを求めても、創真さんは嫌じゃないですか？　嫌悪感はないですか？」

「湊に対して嫌悪なんて感じたことない。この間だって、おまえに触っただろう」

あの時は服を着ていた。目視による情報が殆どなかったはずだ。

おれの体を見たらどう思うだろう。ずっとそのことが気掛かりだった。

だから、怖いという気持ちを振り切って、創真さんの前に立つ。

「湊？」

緊張で吐き気がした。それを押しのけて帯を解く。

微かな衣擦れと共に緩んだ布の、心もとない感触に不安が膨れ上がる。

「……これでも？」

そのまま浴衣を滑らせるように、床に落とす。

創真さんの視線を一身に受けながら、裸になってみせた。

膨らみのない胸、くびれのない腰。それなりに筋肉のついた男の体。一目見れば女性との差は歴然だ。さらに震える手で下着を下ろす。足を抜き、一糸纏わぬ姿を見せる。

バカなことをしているとは思う。それでも一番決定的に判断できる方法は何か？　と考え抜いて決めたことだ。

「創真さんは男であるおれを、抱けますか？」

性的な指向の相違はいずれ破綻を招く。無理だと言うなら、今ここで終わってほしい。

裸を晒す居心地の悪さと、返ってくる反応に身構え、唇を引き結んだ時だった。

創真さんは床に落ちた浴衣を掴んで立ち上がり、おれの頭からばさりと被せた。

「バカなことしてんじゃねえよ……！」

厳しい口調で叱られて体が竦む。やっぱりダメだったんだと、足下から冷たさがはい上がる。そうだよな、バカだなと、自嘲と共に視界が滲んだ時、いつかのように体を持ち上げられた。

「わっ……ちょ、何！」

創真さんはおれを横抱きにして歩き、ベッドの上に放り投げた。

浴衣の下から垣間見えたのは遠ざかる後ろ姿で、きっとこのまま、部屋を出て戻らないつもりだろう。恐怖にも似た後悔にうな垂れたその時、部屋の灯りが消えた。

そして離れていった気配が急速に戻ってくる。

ベッドサイドの照明だけがぼんやりともる中、何かがこちらに飛んできた。手元に着地したそれを見て驚く。

コンドームの箱と、ローション。

息を呑んだ次の瞬間、創真さんがベッドに乗り上げてきた。

迷いなくおれを組み敷く。体にのしかかる重み、熱を帯びた肌。見下ろす距離はすごく近い。そして怒りとも決意ともとれない、強い眼差しを向けられた。

「抱けるかって？　できるに決まってんだろ。段取りを完全に無視しやがって！」

「そ、創真さん、これって……その、落ち着いて」

「落ち着けるか！　いいか？　俺はおまえをちゃんと可愛いと思ってる！　見た目もそうだけど、ちっこいのに男気があるところとか、意外と跳ねっ返りなところもだ。確かにおまえは男だけど好みのど真ん中で、今日だって湊が笑ってると、俺まで嬉しくて仕方がなかった。もう男とか女とか関係ない。俺は湊が好きなんだ！」

熱烈な告白に驚いて瞬くと、創真さんはさらに続ける。

「それを何を思い悩んでるんだか知らねえけど、捨て身すぎだろ。あんなことしなくたって、俺はおまえを抱くつもりで来た。おまえもその気なら遠慮しねえからな……！」

ぐいと顎を掴まれ、返事をする前に唇を塞がれた。

これまでとは違う余裕のないキスだった。言葉通り遠慮なく口をこじ開けられて、あっという間に奪われる。その熱に困惑する。

本当に？　創真さんはおれを愛してくれるのだろうか。半信半疑で彼の唇を食むと、倍になって返ってくる。何度か恐々と確かめて応じてもらい、ようやく確信する。

嬉しくて死んでしまいそうだ……。喜びに震えながら腕を首の後ろに回すと、創真さんもがむしゃらに、おれの首筋や鎖骨に、キスを落としていく。

「湊、帯解いて。浴衣脱ぎたい」

余裕のない声に従い帯を解くと、創真さんは布地が緩んだ途端、乱雑に脱ぎ捨てた。さらに下着も素早く取り払う。露になった男らしい体つきに目を奪われた。

服の上からでは解らなかった、胸から腹にかけての見事な筋肉。思わず釘付けになっていると、おれの興奮を煽るように武骨な指先が腰から腿を撫でた。

「ったく、俺の手で脱がせようと思ってたのに……この跳ねっ返りめ」

粗相を窘めるように言いながら、創真さんはおれの上に改めて重なる。

熱い肌が直に触れあう。重みと共に、鍛え上げられた体を余すところなく押し付けられて、鼓動が速まる。

その時、腿に触れる一点が固く張りつめているのに気づいた。創真さんの性器だ。

おれに興奮してくれている？　声にならずに目で問うと、大きな手が「確かめてみろ」と言わんばかりにおれの手を誘導する。触れると、燃えるように熱い。

「な？　ちゃんと反応してるだろ？」

見て、と目線でも誘導される。ぎこちなく目を向けると、猛々しいまでの性器が、はっきりと屹立していた。その大きさに息を呑む。

「湊こそ、俺にちゃんと興奮するんだろうな？」

もう十分すぎるほど心臓が煩い。なのに創真さんは、少し体をずらして重みを逃がしながら、おれの太腿の間に、自らの腿を割り入れてくる。

恥ずかしい。けれど強引な仕草に煽られて興奮した。隠しようのない昂ぶりは露だ。

それを知らしめるように創真さんの指先がおれの先端に触れた。

「湊のここ、意外と立派だよな。でも色とか形とか、なんか可愛い……」

確かめるような触れ方が、愛撫に変わっていく。長い指に性器を握り込まれて、腰が疼いた。

「あっ……そっ……創真さん……！」

　必死に理性を保とうとするが、創真さんは内股に割り入れた足も巧みに使って揺さぶりを掛けてくる。熱い手で竿の根元から鈴口まで、何度も丁寧に擦り上げられて我慢できずに達してしまう。

「あぁっ……くっ……！」

　びゅく、と勢いよく迸る白濁全てを、大きな手が受け止めた。

　一人で先に気持ちよくなった後ろめたさに喘いでいると、創真さんは体を起こす。

　じっとおれの性器を見ていたが、何を思ったのか身を屈め、躊躇うことなく口に含む。

「わ――――！　ちょっと待って！　さすがにそれはダメです！」

　驚いて抵抗するが彼はびくともせずに口淫を続けた。しかも舌遣いが上手すぎる。

「あっ、だめぇっ……すごいっ！　……って！　何ですかその手慣れた感じ！　あなた異性愛者ですよね？」

　慌てふためくと創真さんは不服そうに顔を上げた。その隙に膝を抱えこんでガードする。

「なんだよ、下手くそでも我慢しろ。こっちは初心者だぞ」

「ちがっ、うま……じゃなくて！　こんなこと、一体どこで覚えたんですか！」

　男女のセックスでも口淫することはあるだろうけど、創真さんが積極的にする側に回るだなんて衝撃だった。

「勉強した」

「ど、どこで？　誰と？　どうやって？」

様々な疑問が浮かんで困惑していると、創真さんは「ＢＬ漫画と動画を見た」と恥ずかしそうに呟く。

「矢野いるだろ？　あいつ腐男子ってやつで、色々持ってるから借りたんだよ」

ということは、おれとのことをちゃんと考えて予習までしてくれたのだろう。

嬉しいやら恥ずかしいやらで目頭が熱くなる。俯くと何を勘違いしたのか、創真さんが心配そうにおれの顔を覗き込んでくる。

「大丈夫だって。イメージトレーニングは完璧だし、知識もできるだけ頭に叩き込んだ。痛い思いはさせない。俺がどれくらいおまえを好きか、ちゃんと抱いて証明するから」

言いながら、がしりとおれの足を掴む。もう一度ベッドの上に仰向けに寝転がされた時、微かにパチン、とプラスチックの蓋が開く音がした。もしやと身構えた次の瞬間、ローションで濡らした熱い指先が、後孔にあてがわれていた。

「足自分で持てる？　力抜いて」

慎重に入ってくる指先。ぐちゅ、といやらしく響く音と、久しぶりの感触に身震いする。

「あ……あぁっ！」

しばらくの間、浅いところを慎重に探っていた指が、ふいに奥へと進入する。何かを確かめるような動きが辿々しくて、よけいに興奮した。

　気づけば進入している圧力が増している。指の本数を増やしたのだろう。

　優しく丁寧に解す動きは徐々に手慣れていく。そして触られるとどうしようもなく感じてしまう一点を、ついに探り当てた。その途端、走り抜ける強い快感に背中が反る。

「まっ……て……そこ、だめっ……！　あぁっ！」

　無意識に足を閉じかけると、創真さんがぐいっと強く腿を押し上げた。

　興奮気味にのしかかり体重を掛けてくる。必死に「待って」と訴えるが手は緩まない。むしろ味を占めたように何度も責め立てられた。

「これくらい柔らかくなれば大丈夫って、描いてあった」

　一体どんな漫画を読んだのか知らないが、創真さんの慣らし方には少しの迷いもない。

「でも意外だな。もっと時間かかるかと思ってた」

　その言葉にほんの微かに目が泳いだことに、目ざとく気づかれた。

「え？　何？　まさか……直近で誰かとしたのか？　俺以外のやつと？」

　急に圧の強まる口調。怒りとも苛立ちともとれないものが入り交じる危うい瞳を向けられて、「ちがいます！」と慌てて首を横に振る。

「じゃああれか？　アナニーってやつか？」

「あなっ、ちっ、ちがいますっ……って、あぁもう！　一旦指動かすの止めてっ……！」

創真さんの表情がいらぬ疑いで、どんどん曇っていく。それに合わせて指の動きも激しさを増す。このままでは闇堕ちしてしまいそうだ。こっちも再び一人で達してしまう危機感から、仕方がなく打ち明けた。

「さっきお風呂でっ……ちょっとだけ念入りに、あ、洗ったというか……！」

「つまり、俺とこういうことになるかもしれないと思って、準備したってこと？」

受け入れてもらえないことを想定していたのは嘘じゃない。だけど。

「万が一、創真さんが受け入れてくれたら。抱いてもらおうと思ってたから……」

恥ずかしさに耐えきれず顔を背けると、創真さんは「なにそれエッロ……！」と震える声で呟く。

指が引き抜かれる。興奮に満ちた荒い呼吸のまま手早くゴムを装着し、熱い切先を、ぴたりと後孔に押し当てる。これから来る衝撃に身構えると、創真さんが余裕のない声で言った。

「加減が利かない気がするから、痛かったり気持ちよかったりしたら、手を挙げて知らせるように……！」

変な指示を受けて困惑している間に、ゆっくりと長大なものが押し入ってきた。

考えられていたのは最初だけで、すぐに余裕がなくなる。

創真さんは慎重に確実に奥へ進入して、内側の弱いところをじっくりと攻めてくる。

絶え間なく生まれる狂おしい波に、シーツを握りしめる。そしてついに行き着く所まで到達したのか、受け入れたことのない大きさのそれが、腹の中で熱く脈打つ。

「やっ……す、ご……おっきぃ……！」

「バカ、煽るな……！　そんな締めつけられたら、すぐ出るっ……！」

互いに余裕なく、ただつながっているだけで達してしまいそうだ。

押し寄せる快感を少しでも逃がそうと体をのけ反らせると、それが創真さんを刺激したらしい。さらに奥へ進入しようとする圧に、恐れを抱き首を振る。それもむなしく、届いたところのない腹の奥に触れられて、未体験の感覚に喘ぐ。

「やぁっ！　も……ダメっ、いちばん奥まで、入ってる……からぁっ！」

必死に体を押し返すが、創真さんは我を忘れたように、腰を押し付けてくる。

「湊、おまえの中、良すぎる……！」

とん、と最奥を突かれた。その途端、ぶわりと甘い痺れが迸り、体が勝手に中のものを締め上げる。それを受けて創真さんが更に激しく動く。

行き過ぎた快楽の予感に咄嗟に左手を挙げると、創真さんが鋼の意志で静止した。

「っ……！　どうした、痛いのか？」

「じゃなくて……き、きもち、よすぎるっ……！」

ちゃんと申告したというのに、創真さんはより一層強くおれを揺さぶりはじめた。激しい動きに合わせ、悦楽の波がどんどん大きくなっていく。

「あっ！　あ、あぁっ！　ふぅっ……んっ、待って、ダメっ！　手、上げたのに！」

「逆に興奮して止まれない……っ、後で……謝るっ」

じゃあ手なんて挙げるんじゃなかった！　という後悔は、悲鳴にも似た嬌声に置き換わる。こんなに声を上げるのも初めてで、恥ずかしさのあまり口を手で覆う。

すると創真さんがその手を握り、口元から引きはがした。

「我慢しなくていい、声聞かせて。湊の声、好きなんだ……聞きたい」

余裕の無い様で促しながら奥を突くので、堪らず喘いでしまう。

「かわいい。湊……可愛いな」

甘い言葉と共に揺さぶられると、もう自分の意思では声が抑えられない。恥ずかしくて涙目で訴えると、創真さんはキスで塞いでくれた。

互いの舌先を絡め吸い上げるうちに、再び大きな波が押し寄せてくる。

あまりにも強い悦びは怖いと感じるほどだった。おれはくぐもった声を上げ、必死に大きな体にしがみつく。創真さんの動きと息遣いが一段と激しさを増し、強く腰を打ち付けながら震わせた瞬間、おれも上り詰め、びくびくと腰を震わせる。

「んっ……んんんっ……！」

深くつながったまま、おれたちは殆ど同時に絶頂を迎えた。

呼吸を乱しながら至近距離で見つめ合う。創真さんの瞳には、しっかりとおれが映っている。

「湊」と名前を呼ばれた。朦朧(もうろう)としながら「創真さん」と呼び返す。

溶けてしまいそうだ。体を重ねてこんなにも満たされたのは初めてで、これが「相性がいい」ということなのだろうかと、ぼんやりと考えた。

くっついていたい。手を伸ばすと、創真さんは少し潤んだ瞳で嬉しそうに微笑み、力いっぱい抱きしめてくれた。

温かくて愛しい。余韻の波に呑まれながら、とてつもなく幸福な気持ちに包まれた。

創真さんの胸に頬を押しつけ、このまま眠ってしまえたら最高だろうなと目を閉じると、彼の手がいたずらに髪を弄る。続けてうなじを撫でるので、くすぐったくて身をよじるとさらにちょっかいを出してくる。しばらく戯れているうちに再び欲望に火がついたのか、気づくと創真さんが改めてのしかかってきた。

「湊、もう一回していい？」

おれの返事を聞く前に創真さんはコンドームを外し、未開封のものに手を伸ばす。

見ると、ついさっき達したばかりのはずなのに、彼の性器は元気に復活している。

実は続けざまにするのは未経験だったりする。もう十分過ぎるほど満たされていたが、熱を帯びた創真さんの瞳に煽られて、期待と好奇心が疼く。

千切った。

頷くと、創真さんは好戦的に微笑みながら、口の端に咥えたコンドームのパッケージを

その後何度挑んだのか、途中から記憶が曖昧でよく覚えていない。ただ気づくと体力が底をついて、体が動かなくなっていた。

「……加減が利かないにもほどがあるんですが」

ベッドでうつ伏せのまま訴えると、創真さんは「ごめんなさい、やりすぎました」と神妙に謝りながら、おれの体を拭いたり浴衣を着せたりと色々世話を焼いてくれた。

彼が相当な体力オバケだと気づいていながらも応じてしまったのは、おれ自身もかなり乗り気になってしまったからなのだけれど。その結果動けない。

「本当にごめん。気持ちよすぎて意味が分からないというか、興奮しすぎて我を忘れたというか、湊の可愛さに翻弄されたというか……」

必死に弁解しているが、翻弄されたのはこっちだ。だいたい、目のやり場に困るほど創真さんが魅力的なのがいけない。見事な胸筋と腹筋とお尻。男らしい仕草に余裕のない表情と甘い声。全部を駆使して思いきり甘やかされて、身を委ねまくってしまった。

「ま、まぁ、お互い様なので……それに明日の朝までに回復すれば大丈夫ですし……」

恥ずかしくて顔が見れない。うつ伏せのまま呟くと、創真さんは「心配しなくていいよ」

と、力強く手を握る。

「動けなかったら、俺が抱き上げて連れて帰るから」

本当にやりかねないから困る。少し顔をずらして創真さんを見ると、温かい眼差しでおれを見ている。眩しくて思わず目を細めると、柔らかく髪を撫でられた。

「湊、一生大切にするからな」

その言葉を心から信じられる。じわりと胸に広がる例えがたい喜びと照れくささに、おれは再び顔をシーツに埋め、頷いてみせた。


翌朝目が覚めると、体が大分動くようになっていた。

もう一度温泉に入り、朝食も部屋で食べた。ロングステイのため、ゆっくり過ごせたのが良かったのか、旅館を出る頃には普通に歩けるくらいには復活していた。

旅館の送迎車で駅まで送ってもらい、そこから少しだけ観光を楽しみ、登山電車で帰路につく。ケーブルカーや船を乗り継いで、スタート地点の駅に戻る道もあるらしいのだが、おれの体調を気遣い、負担の少ないルートを選んでくれたようだ。

帰りの道中、創真さんとずっと手をつないでいた。交わす会話も、昨日よりも甘くて、ものすごく恋人っぽい。「なんだか夢みたいだな」と、感慨深く呟くと「夢じゃないから」と不満げな声が返ってくる。

「指輪用意して、近々改めてプロポーズするから、ちょっとだけ待ってて」

照れくさそうに顔を背けながら予告する創真さんが、どうしようもなく好きだ。

気持ちが通じ合った上で行動を共にするのは、来た時とは違う楽しさがあった。

しかも創真さんは恋人に対するスキンシップが激しめのようで、車に乗ってからは赤信号の度にキスしようとしてくるので、攻防戦が大変だった。

どうにか羽瀬家に帰り、リビングで寛いでいた由衣さんとお爺さんにお土産を渡す。

すると由衣さんが、おれたちを見て驚いたように瞬いた。

「あれ？　二人とも、ようやく付き合いはじめたの？」

「なんで解るんだよ」

創真さんの問いかけに、由衣さんは「だって」と言いながら指をさす。

そこでようやく手をつないだままだったことに気づいた。慌てるおれをよそに、創真さんはつないだ手を高だかと掲げた。

「まぁ別に隠す必要もないし。近々結婚する予定だから、よろしく」

こともなげに宣言してしまったが、二人の反応はどうなんだろう……。

一瞬身構えたが、由衣さんとお爺さんは、ニヤニヤしただけだった。

「よかったね、おめでとう！」

「孫が一人増えたな」

家族に受け入れられて祝福されるって、こんなにも嬉しいことなのか……。

感動しながら団らんに加わっていると、お爺さんがふと思い出したように言った。

「そういや留守の間に、創真に仕事の電話があったな。メールが届いてないか？」

創真さんがスマホを確認する。その時、おれのスマホにも着信が入った。

何気なくディスプレイに目をやり、表示された名前に息が止まりそうになる。

いつもなら人を使ってメールをよこすだけなのに。どうして、と緊張が走る。

一声掛けて、急いで自分の部屋に向かう。その間に切れることを願ったが、相手はそんな考えすら見通しているかのように、呼び出し続けた。

覚悟を決めて通話ボタンを押す。すると聞き覚えのある声が返ってくる。

『湊、私だ』

ディスプレイに表示された名前は芳条世吾（ほうじょうせいご）。その声は、まさしく父のものだった。

「どういった用件ですか」

せっかくの楽しい気持ちに、冷水を浴びせられた気分だ。

『話したいことがある。明日、時間を作れるか』

「明日って……急すぎます。前もってこちらの予定を確認してからにしてください」

横暴な要求に内心苛立つ。父が直接連絡してくるのは一年に一度、あるかないか。

しかもこういう場合、大抵意に染まないことばかり言ってくる。

顔を合わせるくらいなら、まだ電話の方がマシだ。

「用件なら今聞きます。どんなお話ですか」

『病気になった。もうあまり長くないかもしれない』

それは寝耳に水で、驚きのあまり頭の中が真っ白になる。

『少し込み入った話になるので、直接会って話したい。詳細は後ほど、秘書の京田とメールで打ち合わせをしてほしい』

いくら希薄な関係とはいえ唯一の肉親だ。病気だと聞いて、平気ではいられない。

結局おれは、父の申し出を受け入れざるを得なかった。

すぐに創真さんに話すべきだと一階に下りると、居間がやけに賑やかだ。

何かあったのだろうかと顔を出した途端、創真さんが嬉しそうに飛びついてきた。

「湊、聞いてくれ。すごく良い仕事が入った、しかも二件も！」

「どんな仕事ですか？」

「一つは、南アルプスにある国立公園からの依頼で、もう一つが……なんと、ウィンザー城の庭園作りに関する仕事！」

ロイヤルファミリーが週末を過ごすことで有名な城の庭園作り。それはおそらく創真さんの仕事上、最も栄誉あるものだ。

「すごい、おめでとうございます！」

「ありがとう。今夜はお祝いを兼ねて肉焼こう、肉！」

「えっ、私ピザがいい！」

「こういう時は寿司だろ寿司ぃ」

盛り上がる雰囲気に呑まれて、父のことをつい話しそびれてしまった。

夕食の時間は楽しく過ぎ、その後創真さんは、急ぎの連絡や仕事の準備で忙しくなった。

結局落ち着いたのは、深夜近くで、手が空いた頃合いに創真さんの部屋に招かれた。

「湊、ごめんな。ずっとほったらかしにして」

見るとバックパックに荷造りをしている。

「急なんだけど、明日からまた数日、出かけることになってさ」

南アルプスの国立公園。そこに新設予定のビジターセンターの内装や展示に、山の植物を移植する構想があるらしい。

「実際に取り掛かるのは来年の秋頃らしいんだけど、今のうちに視察をしたいから、同行してくれって言われて。明日から山に行ってくる。三日くらいで戻るから……」

言いながら、ふと違和感に気づいたように眉をひそめた。

「湊、どうした？　なんかあった？」

「……父から電話が来て。おれも明日から、二、三日、実家に帰ることになりました。体調が悪いらしくて……」

「それは……心配だな。一人で平気か？」

「話を聞いてくるだけだから。それより、創真さんこそ気をつけてくださいね」

「ああ……てことは俺達、しばらく離れ離れってことか」

創真さんはまるでこの世の終わりみたいなため息を吐く。

気持ちが通じ合ってすぐに三日も会えなくなる。それがこんなにも寂しいとは。

「大丈夫。二、三日なんてすぐですよ」

自分にも言い聞かせるように鼓舞すると、創真さんは渋々頷いた。

「あの……もしよければ今日、一緒に寝てもいいですか？」

もう少しだけそばにいたい。勇気を出して訊ねると、創真さんの表情が少し明るくなる。

「いいよ。もう寝る？　荷造りは？」

「今日の荷物を殆どそのまま、着替えだけ入れ替えて持っていけばいいので」

「解った。ちょっと待って」

彼は手早く部屋の電気を消してベッドに横たわり、「どうぞ」と腕を広げて迎えてくれた。

一人分の空間が確かにそこにはあって、おれのための場所だと思うと嬉しい。

「おじゃまします」と言って収まると、しっくりくる。

温かい。それに創真さんの匂いに包まれて安心する。ほっと息を吐くと、やんわりと抱きしめてくれた。隙間を埋めるようにぴたりと体を寄せ合うと、一層心地良さが増す。

「なぁ、聞いてもいい？　湊のお父さんてどんな人？」

その質問に、どう答えるべきか迷う。

「印象としては真面目で、淡々としてて、何を考えてるかよく解らないというか。そもそも、顔を合わせること自体が少なかったから……」

「仕事が忙しかったのかな。会った時はどんな話するの？」

「いつも一方的で、おれの交友関係に口を挟んだり……今思えば、おれに関わる人を選定していたのかもしれません。あとは留学や旅行を阻止したり、最近はおれの絵について何か考えがあるみたいで、秘書を通してメールで様子を探ってきています」

一般的ではない親子関係に、創真さんは驚いたようだ。

「会話をしても話にならないし、父親らしい愛情をもらったこともないです。だからおれも、引き取ってくれた後見人、くらいに思うことにしていて……」

すると創真さんは抱きしめる腕を強くして、おれの頭を撫でた。

「そうか……寂しかったよな」

寂しいだなんて、と反論しようとして、ふいに涙腺が緩む。

子供の頃、おれは父に歩み寄りたいと思っていた。考えないようにしていたけれど、多分ずっと寂しかった。自分の感情に戸惑いながら慌てて布団の中に潜り込むと「挨拶に行った時、お義父さん（とう）に色々聞いてみような」と創真さんが背中を撫でてくれた。

「それはそうとして。帰ってくるまでに新婚旅行の行き先の候補、考えといてくれる？」

急な話題転換は、おれを気遣ってのことだろう。それにしたって強引で、可笑しさが込み上げた。肩を震わせたおれに「なんだよ？」と問う声は明るい。

「だって、色々飛び越えてるから」

「そうか？　現実的な未来の話をしてるつもりなんだけど。ちなみに俺は温泉がいいな。箱根も楽しかったけど、熱海もいいところだよ。行ったことある？」

「ない……けど、どうして温泉なんですか？」

「だって湊、浴衣自分で脱いじゃっただろ。今度は絶対に俺が脱がせたいし」

甘く耳元で囁かれて、昨夜のあれこれを思いだした。今度は羞恥に喘ぐ。

「そ、その前に、ちゃんとプロポーズしてくれないと、断るかもしれないですよ」

「そりゃ大変だ。断られないようにしっかり準備しなきゃだな」

顔を見合わせ、くすぐったい気持ちで笑顔を交わす。

そうして寝入るまでの間、おれたちは「帰ってきたら」という話をたくさんした。

そこには一片の不安もなく、明るくて幸せな未来しか見えなかった。

翌日はおれの方が先に出発することになっていた。最寄り駅から電車に乗り、途中で新幹線に乗り換えて、京都に向かう予定だ。

創真さんは昼頃の出発だというので、最寄り駅まで車で送ってもらう。

「何かあってもなくても連絡して。俺もするから」

もう何度も言われた内容に頷くと、車を降りる直前、当たり前のようにキスされた。

不意打ちに驚いたけれど、少し気持ちが浮上する。「気をつけて」と軽く背中を押してくれた創真さんの車を名残惜しく見送り、駅の改札に向かおうとした時だった。

「湊さん」

耳慣れない声に振り返ると、一人の男性が立っていた。

年齢は五十代だろうか。スーツ姿の畏まった態度と、左胸に輝く芳条の家紋を象ったピンバッジ。おそらく父の秘書だ。だが対面するのは初めてのはずなのに、見覚えがある。

「あなたは確か、新幹線の中で……」

東京に出てくる時、偶然隣り合わせた人物だ。言い当てると、男性は深く一礼をする。

「お久しぶりです。お父様のお申し付けでお迎えに上がりました。京田（きょうだ）と申します」

名前もメールのやり取りをした秘書のもので間違いない。どうやら思っていた以上におれの行動は監視されていたらしい。ショックを受けていると、秘書は控えていた黒塗りの車のドアを開け、当然のようにおれを促す。

「……車で実家まで向かうということですか？」

「お父様は診察のため、本日は横浜にいらっしゃっています。近場のほうが、湊さんのお時間もとらせずにすむとのことで、お迎えにあがった次第です」

なんでも名医がいるという大学病院で、診察を受けている最中だという。

微かな違和感を抱いたものの、他に選択肢もなく、大人しく車に乗り込んだ。

「目的地が変わったなら、前もって連絡してくれればよかったのに」

「申し訳ありません。あまりにも急だったものですから」

秘書は柔和な笑顔のまま答える。確かに予定よりずっと早く解放されるのは間違いない。今日中に帰れるなら、由衣さんやお爺さんの手伝いをしながら、創真さんの帰りを待つことができる。淡い期待に気分が少しだけ上向いた。

車は横浜で高速を下りて、一際大きなビルに到着した。父が宿泊予定のホテルらしい。

秘書に従い、目的の高層階のフロアに到着した時には、これから対面するであろう父の顔を思い浮かべて、胃が重苦しくなっていた。

「どうぞ、こちらです」

覚悟を決めて扉の向こうに足を踏み入れる。一般客室とは異なる広い部屋だった。調度も立派で景観もいい。その窓際に、父が一人佇んでいた。

おれに気づいて振り返る……その姿を見て、言葉を失う。

最後に顔を合わせたのは新年の頃だ。電話で声を聞いただけでは解らなかったけれど、あの時より明らかに痩せている。

「久しぶりだな湊。髪を切ったのか」

長い間代わり映えのしない髪形をしていたからか、父は変化に気づいたらしい。

「母親に似た綺麗な髪を切るとは……もったいないことをしたな」

外見に関してなにか言われたのは、記憶にある限り初めてだ。

ましてや、惜しむようなことを言うので、病のせいで気持ちが不安定になっているのかもしれないと、途方にくれた。

「急に呼び寄せて悪かった。こちらも予定が急遽変更になってな」

座りなさい、と促されてソファに座ると、父も向かいの席に腰掛ける。そして秘書から受け取った資料をおれの前に提示した。

大事な話があると言っていた。もし父の命が尽きようとしているなら、一応、おれも実子だ。資産や葬儀についての相談だろう……そう覚悟を決めて資料を手に取る。

しかしそこには「スズイシ奏」をどう売り出すか、という企画と、望んでもいない今後のスケジュールが、びっしりと書き込まれていた。

「……これはなんですか？」

「何とは？　今後の話をしたいと言っただろう」

この期に及んで、父がおれの絵をどうにかしようとしていることに呆れた。

「これはおれの話であって、あなたには関係のないことですよね？　それよりも病気は？

今日はその話をしに来たんでしょう？」

「私の体調をおまえに相談してどうにかなるとでも？　気遣うつもりがあるのなら、おまえに必要な提案をしようとしている私の意図を酌んでくれ……大体、なぜおまえはいつも、芳条の援助を遠ざけようとする？」

理解に苦しむと言いたげな父のほうが、おれには理解したがい。

「望んでいないことだからですよ。それを勝手に進められても困るし、おれのやりたいことを邪魔されるのは、迷惑でしかないんですが」

当然の主張をしているはずなのに、父は不服そうに首を傾げる。

「邪魔というのは、まさかロンドンの極小でマイナーなギャラリーでの個展のことを言っているんじゃないだろうな？　アーティストは経歴がものを言う。ギャラリーの名前も、大事なキャリアになると、なぜ解らない？」

見ろ、と示された資料には、名の知れたギャラリーの名前が並んでいる。

「私はおまえの邪魔をしているつもりはない。絵が売れるかどうかの八割は、売り出し方で決まる。いかに話題性があるか、箔がついているか、名のある人物の目に止まるかどうかが重要だ。私はおまえに絵の才能があるならそれを最大限援助するつもりだし、自分の息子が間違った道に踏み込もうとしているなら、修正する義務がある。それが芳条家の慣わしでもあるし、『親の愛』だからだ」

突然「親の愛」なんて言葉を持ち出されて驚いた。それに父の主張はどう噛み砕いても、理解しがたいものだ。

「間違った道って、なんのことですか」

「色々あるが、ここ最近だとENなんてものに登録したことだな。結婚相手を探しているなら、こちらで申し分のない経歴の、まともな相手を見繕ってやったのに……なぜわざわざあんな質の悪い人間を選ぶのか、心底理解しがたい」

またただ。ENに登録したことだけでなく、創真さんのことも把握されている。

「おれのことをなんでそんなにいつも……調べてるんですか？」

純粋な疑問だった。ずっと放置されていると思っていた。そうでないというのなら、父の目的はなんだろう。しかし父は、愚問だとばかりに言い放つ。

「芳条の血を分けた息子に関わる人間を選定するのも『親の愛』だ。立場上、財産や利益目的で近づくクズがいることも重々解っているはずだ。それにおまえの『好み』にも問題がある。同性を好きになることはまあいい。だが絶望的に男の趣味が悪すぎる」

父は深いため息を吐きながら立ち上がり、窓辺で足を止めて外を眺めた。

「学生時代に恋人がいたな。あいつもろくでもない男だったが、羽瀬創真とかいう結婚詐欺師に比べればまだマシだ。こんなことになるなら、引き離さなければよかったと後悔したよ。だから気を利かせてもう一度近づけてやったというのに……」

修司のことだ。彼を引き離して近づけた……嫌な予感に背筋が凍りつく。

修司は大手企業の内定をもらい地元を離れた。そしておれが東京に来て間もなく、芳条グループの関連企業に出向になっている。それらが全部、父の差し金だとしたら……。

「おれと修司が別れるように仕向けたのは、あなただってことですか？」

「私は選択肢を与えただけだ。目の前に好条件を提示したら、恋人よりもそちらを優先する利己的な人間だっただろう？　意思も薄弱で、おまえに見合う相手ではなかった。それを解りやすく示してやっただけだ。羽瀬創真も間違いなく同類、いや、更に上を行くかもしれん。事実、与えてやった仕事に飛びついたはずだ」

箱根から帰ってきた日。急に決まった二件の仕事を、創真さんはとても喜んでいた。

あれもまた父の差し金なのか。見ると父は、やっと気づいたかとばかりに息を吐く。

「英国王室に関わる栄誉ある仕事が、なんの後ろ盾もなく手に入るとでも？　羽瀬という男は野心家のようだし、間違いなく引き受けるだろう。仕事にのめり込み、一年かそれ以上海外を飛び回ることになる。確か過去、恋人を放置して関係が破綻しているらしいな？　きっとおまえもそうなるさ」

父の言う通り、創真さんは元恋人と遠距離で破綻している。予言めいた忠告には現実味があった。だけどそれなら、おれが一緒に行けばいいだけの話だ。

そう口にしようとした時、父が振り向いた。

「私の余命はこのままいくとそう長くないらしい。父親の容体よりも、あの男との時間を選ぶなら、一緒に行けばいい」

どんなに理解できなくても、腹立たしくても、唯一の肉親だ。切り捨てることはできない。おれの心情を把握した上で言っている。それがくやしくて、堪らず拳を握りしめる。

「だったら……おれは、一年でも二年でも、創真さんを待つだけです。あなたが何をしようと、創真さんのことだけは、絶対に譲りませんから」

はっきりと意思を伝える。しかし父はおれを一瞥し、再び窓の外に目を向ける。

「それは『待つことができる状況』あっての話だな」

「どういう、意味ですか……」

「あの男が今、どこにいるか知っているか？」

「国立公園のビジターセンターの仕事で、山に……」

口にすると、嫌な予感がした。

「視察に向かった山中でアクシデントに見舞われる……なんてことも考えられるな。冬山の切り立った崖に囲まれた場所に、置き去りにされて生死の境をさ迷うかもしれない」

「何を言って……創真さんに、何をしようとしてるんですか！」

父は察しが良い、とばかりにおれに歩み寄る。

「交換条件だ。あいつとの関係を絶て。うちに戻ってきて、こちらで見繕った相手との結婚を承諾するなら、羽瀬創真の無事は保証しよう。おまえの返答次第だ。少し時間をやるからよく考えるといい」

父はそのままドアに向かい、部屋を出る直前に一度振り返る。

「とはいえ、あまり悠長な時間はないぞ。早く決断をすべきだ。私ならそうする」

言い終えると秘書を伴って部屋を出ていってしまった。そこでようやく自分の状況に気づいて扉に駆け寄ったが、扉は外側から固く施錠されていた。声を上げても応答はない。

創真さんに危険が迫っている。一刻も早く伝えなければと、慌ててスマホを操作するがなぜかメッセージが飛ばない。結家さんにも連絡を試みて、そこでようやく、ネットワークが切断されていることに気がついた。

スマートフォンは使えない。ならば部屋に備え付けの電話ならどうだろう。

受話器を取るとつながった先の声は、父のものだった。

『言い忘れていたが、その部屋はフロアごと電波を遮断している。外部との連絡は不可能だ。この電話も私につながるように設定してある。答えが出たら連絡をくれればいい』

「なんで……ここまでするんですか！」

怒りに震えながら問いただす。すると父はさも当然のように言った。

『おまえが駄々をこねるからだ。私がいくら手を差し伸べても突っぱねる。仕方がないから強行手段に出ただけだ』

理解不能な見解に、言葉が見つからない。

『とはいえ頑固なおまえのことだから、しばらく時間がかかるだろう。後で食事を届けさせる。確かハンバーグが好きだったな？』

噛み合わない会話にめまいを覚えながら、受話器を置く。

最初から全部父の手のうちだった。おれを呼び寄せたのも、創真さんとおれを引き離し、連絡を取らせないようにするためだったなんて。

……こんなところで、大人しくなんてしてられない。

深呼吸をして自分を奮い立たせる。部屋から脱出する方法を探そう。

まず窓の外を確認しようとしたが、そもそも窓が開かない。映画のように天井裏から出られないか試したけれど、おれの行動を先読みしたのか、通気口が前もって塞がれていた。

扉は強固で体当たりしてもびくともしない。どこかの隙間からメモ、もしくはスマホ自体を出せないかとも考えたが、そういったこともできそうにない。

もはや軟禁だ。縋るようにスマホを見つめても、当然誰からの連絡もない。父がおれの決断を待ち、ことを進めずにいてくれるのを願うしかない。

それともあの条件を呑むべきか……。考えただけで体が冷たく強ばっていく。

決断できないまま時間が過ぎ、ようやく扉が開いたのは、三日目のことだった。

もしかしたら、永遠に閉じこめられたままなのではないかと疑っていた矢先、前触れもなく父が現れた。

怒りをこめて睨むおれに、父は呆れたようにため息を吐く。

「強情なところも母親に似ているな。だが意地を張るのはもう終わりだ」

今度は何だと言うのだろう。身構えると父は「京田」と背後に声を掛ける。

「つい先ほど入った連絡によると、羽瀬創真さんは一昨日、視察に向かった現地の職員と共に崖から落ちて、現在行方不明ということです」

秘書から告げられた内容に全身の血が引く。衝撃に足や手が小刻みに震えた。

「どうしてそんなことに……交換条件だって言いましたよね？」

擦れる声で問い詰めるが、父は微塵も動じない。

「安心しろ。救助要請は出しておいた。打ち所が悪くなければ死んではいないだろう」

「何を他人事みたいに……創真さんの無事は保証するって言ったじゃないですか！」

話が違う。父の言い分を信じていた。けれど、考えてみればこれまでも強硬手段に出てきた人だ。なんだってやりかねない。

「最初から、騙していたんですか？」

膨れ上がる怒りをぶつけると、父は微かに目を細める。

「私を責めるのは勝手だが、おまえはこの三日間何をしていた？　もっと早くに決断していれば、こんなことにはならなかったはずだ」

その指摘に打ちのめされながら、おれは震える足を叱咤(しった)して部屋を飛び出した。

エレベーターに駆け込む。父は追いかけてはこなかった。どうせ今更、何をしても遅いと思っているのだろう。歯がゆさに拳を握りしめていた時、スマホに着信が入った。

『湊さん、ご無事ですか？』

結家さんの声が聞こえてきた途端、泣き出したくなる。

「結家さん、どうしよう、創真さんが……！」

『落ち着いて。湊さんの位置情報が確認できたので、今そちらに向かっています。もう少々お待ちください』

宥める声に何度も頷く。外に飛び出すと同時に、車が猛スピードで交差点を曲がってきて目の前でぴたりと止まる。ドアが開き、中から結家さんが手を差し出す。

「お待たせしました。怪我などはしていませんか？」

おれは頷き、急いで車に乗り込んで、創真さんの状況を説明した。

おれのせいで創真さんが山で行方不明になっている。絶望的な状況を、結家さんは冷静に受け止めた。

そしてすぐさま車を急発進させて、創真さんの捜索が行われている現場に向かう。その間、警察や救助隊が動いているかどうか、状況確認などもしてくれた。

「お二人はここ三日、世間的には行方不明の状態でした。対応が遅れてすみません」

「そんな……探してくれていただけでもありがたいです。よくおれがここにいるって解りましたね？」

「羽瀬さんから言われてたんです。湊さんが心配なので、気に掛けていてほしいと」

知らない間にまた気遣われていたことに、言葉にならない感情が込み上げる。

「何度か連絡を試みたんですが反応がなくて、ＥＮのエンジニアにログを辿ってもらい、この近くだと踏んで張り込んでいたんです。羽瀬さんも同じでして……ただ彼の場合、位置情報に大幅なズレが生じていて、居場所が特定できないんです」

切り立った地形や木が密集している場所、悪天候などの状況下だと、ＧＰＳの精度が極端に落ちることがあるらしい。現地周辺はここ数日厚い雲に覆われていて、創真さんの居場所をより特定し辛くしているのだという。

「父が言うには、創真さんは崖から落ちたって……早く見つけないと」

しかもこの寒空の下だ。無事だろうか……焦りと不安で指先がどんどん冷えていく。

「スマホの充電が少ないと、更に情報の精度が悪くなります。しかもあの辺には国の天文観測施設があって、意図的に電波が制限されている。通信状況に希望が持てない以上、羽瀬さん自身が何らかの方法で、居場所を知らせてくれたらいいのですが……」

遭難の際、位置を知らせる方法として思い浮かぶのは、光のシグナルやホイッスル等で音を出すことだ。電波が拾えなくてもスマホの電池が生きていれば、十分代わりになる。

「以前おれたちのスマホが、アラートを出したことがありますよね。異常接近警告でしたっけ……あれくらいの音なら、救助隊の人にも聞こえるでしょうか？」

「ああっ、そうだ！　それ、いけるかもしれませんっ！」

何を閃いたのか、結家さんが興奮気味に叫ぶ。

「ええとつまり、異常接近警告は『運命の伴侶』同士のアプリのみが発する、特殊な信号を利用したものなんです。アプリは通信環境下でなくても、常に『運命の伴侶』に向けて、自身の居場所を知らせ合っており、それを元に相手の距離や方向を割り出すことができます」

「つまり、ＥＮならではのBluetoothとか、方向探知機能みたいなものですか？」

「そうです！　信号が届く範囲は、通常十メートル程度のはずなのですが、湊さんと羽瀬さんの場合、なぜか他の『運命の伴侶』より、かなり強く信号が引き合っているそうで。エンジニアによると、最大二百メートルくらいなら届くはずだと言っていました」

「それを使えば、創真さんを見つけられるかもしれないってことですか？」

「ええ。湊さんの端末だけが、羽瀬さんを探し出すことができます。ただし創真さんの端末が生きていることが前提ですが……」

可能性が少ないことには変わらない。それでも闇雲に捜すより、希望がある。

現地に到着した時には、日が傾きはじめていた。曇天に覆われた寒々しい山の麓は警察や捜索隊に加え、救急搬送用の車両などが慌ただしく行き来している。父が救援要請をしたのは本当だったらしく、創真さんの捜索は思った以上に大規模に行われているようだ。

その中に由衣さんの姿を見つけた。駆け寄ると青ざめた顔が、微かに安堵を覗かせる。

「由衣さん、創真さんは……」

「まだ。だけど捜索隊の人たちが、一生懸命探してくれてるよ」

由衣さんの話によると創真さんは三日前、ビジターセンターの職員と二人で山中に視察に出かけた。予定では翌日に戻るはずだったのに音沙汰がない。異変を感じた別の職員が警察に届け出たことで遭難と判断された。捜索に向かった救急隊が、崖の縁で職員のスマートフォンを見つけていて、二人が滑落したものとして捜索を続けているという。

由衣さんは気丈にもしっかりと状況を伝えてくれた。だけど表情は不安で張りつめている。こんな目に遭わせた原因はおれにある。無意識に「ごめんなさい」と呟くと、彼女は不思議そうに首を傾げた。

「どうして湊くんが謝るの？　大丈夫だよ。お兄ちゃん体だけは頑丈だから」

逆に励まされて、いたたまれない気持ちになる。

「捜索隊の人の話だと、崖から落ちた後移動したんじゃないかって。つまり生きてるってことだよ。もうすぐ日没なのと、これから雪が降るらしいのが心配だけどね……」

夜間は捜索側の安全が確保できないため打ち切られることが多い。しかも今夜は天気が荒れると予報が出ていて、創真さんの体力的にも厳しいのではと、囁かれていた。

結家さんは既に救助隊に話を通していたのか、用意していたドローンに、おれのスマートフォンをしっかりと固定した。

「遭難箇所を中心に捜索を開始します。信号を拾うことを祈りましょう」

ドローンが浮かび上がり、山中に向けて飛んで行く。創真さんは無事なのか。スマートフォンは信号を拾ってくれるだろうか。

不安に押しつぶされそうになった時、結家さんが声を上げた。

「反応がありました！　落下地点から南に約五キロ、カメラでも姿が確認できます」

わっと現場が沸く。

「付近に開けた場所もありますし、この距離ならヘリでひとっ飛びですよ！」

結家さんの報告を受けて、おれと由衣さんは喜びに顔を見合わせた。

そして捜索隊が一気に動きはじめる。そこからは怒濤の展開だった。

位置情報を元に救助ヘリが飛び立つ。捜索本部に流れてくる音声に耳を傾けていると「対象者発見」「生存確認」という声が聞こえて、涙腺が緩む。

よかった、無事だ。由衣さんと手を取り合い、安堵に大きく息を吐く……。

戻ってきたヘリから、まず同行していた職員が降りてきた。救急隊員に肩を支えられ、痛めた足を庇うように歩いている。次に降りてくるであろう創真さんに駆け寄ろうとしたとき、担架が降ろされた。

　ぎくりと足が止まる。横たわる姿はぼろぼろだった。滑落の際にぶつけたのか、額には血がこびりついている。左足の裾も赤く染まっていて、本人は目を閉じたまま、ぐったりと動かない。

「創真さん」

　呼びかけても反応がない。今度こそ駆け寄ろうとした所を「家族の方ですか？」と、搬送する救急隊員に止められた。おろおろしていると由衣さんが「とりあえず私がついていくから。湊くんも病院に来てね」と言った。

　二人を乗せた救急車が、サイレンを鳴らし遠ざかっていく。

　衝撃的な光景に、頭の中が真っ白になる。

　おれが創真さんをあんな目に遭わせた。それは恐怖となって、全身を覆い尽くした。

　その後創真さんは一番近い総合病院に運ばれ、緊急の処置を施された。そのまま検査入院になると聞いて、おれは誰もいない待合室でひたすら考え続けた。

　答えを出したくない。そんな悪あがきを嘲笑うように、スマートフォンに着信が入った。

震える手で応じると、電話の向こうから淡々と問われた。

『そろそろ気持ちは固まったか？』

父の言葉に唇を噛む。この状況を招いたのはおれだ。そして父はこれまで通り、おれが従うまで何度でも邪魔をするはずだ。

「どうすれば今後、創真さんに手を出さずにいてくれますか？」

望むことはそれだけ。切実な訴えに、父は満足そうに息を吐く。

『おまえが「親の愛」を素直に受け入れれば、私が何かをする必要はないだろうな』

やはりそれしかないのかと、諦めにも似た感情が心を支配する。
二、三言葉を交わして通話を終えて、薄暗い病院の待合室で、じっと一点を見つめる。
父の言う「親の愛」とは、父が最良と思うレールの上を歩き続けることだ。

実家に戻り、絵を描くことも、結婚相手も、何もかも自分の意思を殺して従う。

それを望む父が理解できないし、自分のものではない人生を生きられる気がしない。

おれにできるのは、創真さんに迷惑を掛けずに済む選択をすることだけだ。

離れればいい。そうすれば少なくとも、彼は父の攻撃対象から外れる。

「湊さん、羽瀬さんの検査が終わって、少しなら面会できるそうです」

結家さんが朗報とばかりに駆けてくる。それを見て覚悟を決めた。

創真さんは個室にいて、二人きりにしてくれるというので、好意に甘えることにした。

ドアを開けて中に入ると、創真さんはおれに気づいて嬉しそうに体を起こす。ヘリで搬送されてきた時よりずっと顔色が良い。駆け寄ると、彼はばつが悪そうに笑った。

「なんか、結構な騒ぎになっちゃったな。心配させてごめんな」

「謝らないで。創真さんは何も悪くない……怪我は？」

「大したことない。医者が大げさなだけ」

軽く肩を竦めてみせる。強がる姿に胸が痛んだ。

「本当だぞ？　運良く木に引っかかって無事だった。それより湊こそ大丈夫か？　閉じこめられてたって聞いたけど」

「結家さんに、事情を全部……聞いたんですね？」

彼は「まぁ、ざっくりとだけど……」と頷く。

おれに関わらなければこんな目に遭わなかった。なのに心配してくれる。本当に優しい人だ。だからいつも損をしてしまうのだ。

おれは心からの謝罪の意を込めて、創真さんに頭を下げた。

「巻き込んですみません。どうお詫びしたらいいか、正直解らないけど……」

「やめろよ。湊は何も悪くない。それよりおまえ本当に大丈夫か？　顔色悪いぞ？」

「おれが父の言う通りにしなかったから……あなたがこんな目に遭うなんて思っても見なかった。本当にごめんなさい」

創真さんはおれの発言を困惑気に受け止める。

「それで色々考えたんですが……おれと別れてくれませんか」

震える声で告げると、創真さんはため息を吐いた。

「なんでそうなるんだよ。怪我したこと気にしてるなら、俺、本当に平気だけど」

「おれが嫌なんです。もう怖い……」

創真さんがぐったりと担架に横たわる姿が、脳裏にフラッシュバックする。今回は運が良かったのかもしれない。でも……。

「もう絶対に、あんな目に遭ってほしくない。だから創真さんとの関係を絶ちます」

「……おまえそれ、本気で言ってんの？」

厳しい口調に身構えながらも頷く。創真さんは何か言いたげに口を開いたが、ふいと顔を逸らした。

「湊の考えは解った……でもその前に、おまえの父親に言いたいことがある。会わせろ」

当然だ、文句のひとつも言いたいだろう。だけど顔を合わせたら、今度こそ父は直接、創真さんに何かするかもしれない。想像すると背筋が凍る思いがした。ならばいっそ、父の目の前で別れると宣言したら、納得してくれるだろうか……。

承諾すると創真さんは「よろしく」と手短に言って背を向けた。

もう話もしたくない、という意思表示だろう。おれは寂しい気持ちをひた隠しながら、病室を後にした。

翌朝まで病院の待合室で過ごした。浅い眠りから覚めると、結家さんが朝食と着替えを用意してくれた。そして「今日の午後、羽瀬さんが湊さんのお父様との面会を求めています」と言った。

父に連絡を取ると、意外にもあっさりと受け入れられた。

不穏なものを感じながらも段取りを整えて、結家さんの車に乗り込む。

しばらくして創真さんがやってきた。怪我をしていることなど感じさせない身のこなしで、「つめて」とおれの座る後部座席に横柄に乗ってくる。結家さんに用意してもらったのか、真新しいスーツに着替えていた。気取ったブランドではないはずなのに、相変わらず様になっている。

こんなことになっても、まだ創真さんに見惚れる自分がいた。

おれを見ようともせず、寡黙に車窓を眺め続ける横顔を盗み見ながら思う。

きっとこの人のことを一生覚えている。愛し合ったことを何度も反芻するだろう。

忘れられないこと自体、運命みたいなものだ。だけどこの人とは一緒にいられない。

これから先、創真さんがいない人生を歩むことが、どうしようもなく怖かった。

絶望に苛まれているうちに、車は横浜の、見覚えのある高層ホテルに到着した。

「湊さん、お父様はこちらに？」

部屋にいるはずだ。頷き、聞いていた部屋番号を伝えると、創真さんは迷わず車を降りた。足早にエレベーターに乗り込むのを慌てて追いかける。結家さんも一緒に来てくれることを心強く感じた。

気詰まりな空気のまま到着したフロアには、父の秘書が待ち構えていた。

案内に従い部屋に足を踏み入れると、父は病を押して仕事をしていたらしい。

書斎机のパソコンから顔を上げるなり、敵意のこもった目を創真さんに向ける。

おれはその圧力に身構えたが、創真さんは違った。堂々と父の前に立ち、視線を受け止める。

一触即発の睨み合いに固唾を呑んだ次の瞬間、創真さんが動いた。

父に向けて礼儀正しく頭を下げる。美しい姿勢で、これ以上ないほど丁寧に。

そして良く通る声で言った。

「最初に湊を騙そうとしたことを、心から謝罪します。だけどこの先一生大切にするので、湊を俺にください」

それは何度反芻しても、結婚の許しを得る言葉に違いなかった。

どうして。だって昨日、はっきり断ったはずなのに。

父は無反応を貫く。しかし創真さんは怯まなかった。

「虫の良い話だと解っています。それでも俺は湊を必ず幸せにします。食うに困らせない

し、寂しい思いもさせません。生涯愛し抜くと誓います」

次から次に飛び出す言葉を、信じられない思いで受け止める。

しかし次の瞬間、父は侮蔑も露に吐き捨てた。

「相手の親に誠意を見せるのも結婚詐欺の手口か？　本当に虫ずが走るクズだな」

御託はいいとばかりに立ち上り、創真さんに詰め寄る。

「何を言っても無駄だ。芳条家の後ろ盾欲しさに近づいて、誑かした結婚詐欺師に、湊をくれてやるわけがないだろう」

「結婚詐欺をする気はありませんでした。湊も俺の謝罪を受け入れてくれています」

「受け入れた？　上手く言いくるめただけだろう。湊は純粋だからおまえのような悪人の戯言に耳を傾けてしまう。だが私は騙されないし、絶対におまえだけは許さない！」

忌々しげに創真さんの胸ぐらを掴む。父がこれほど怒りを露にするのを見たことがない。

「羽瀬創真といったな。おまえのこれまでの素行を調べた。学生時代の荒れた生活に問題行動、不特定多数と遊びまくる不貞の輩だ。生まれも育ちも、湊にはそぐわない。身の程を知るがいい」

「これから、見合う男になってみせます」

「本当に上手く回る口だ。もう帰ってくれ、気分が悪い。仕事の後ろ盾がほしいなら、存分にくれてやっただろう。早く海外にでも行って一生帰ってこなければいい。そもそも、湊を日本に置き去りにするなら、結局寂しい思いをさせることになるじゃないか。公言した内容に齟齬が生まれるが、どう弁明するつもりだ？」

　創真さんは小さく首を横に振る。

「いいえ。湊は一緒に連れていきます」

「なんだと？」

　父が目を瞠ったその言葉に、おれはくやしさを押し殺して拳を握り込む。

「創真さん……父は病気で、おれは一緒には……」

　行けない。力なく俯くと、創真さんは後ろに佇むおれの拳をゆっくりと解いてくれた。

　そして、ポケットから一枚の紙を取り出す。

「これ見て。お義父さんの診断結果だ」

　折り畳まれた用紙には、父の名前と、健康状態が記されている。

　そういえば病状についてまだ詳しく聞いていない。

　恐々と目を走らせると、急激な体重の減少、食欲不振、頭痛に高血圧とある。

　そして診断結果の部分には大きく「ストレスによる体調不良」と記されていた。

「す、ストレス……？」

　呆然と読み上げると、創真さんは頷く。

「病気ってわりにやることが元気すぎる気がして、結家に頼んで調べてもらったんだ」

結家さんは自信満々に「厚生労働省経由で手に入れた、正真正銘の診断結果です」と言う。

言われてみれば、父は相変わらず精力的に仕事に励んでいる。そのうえ修司を引っ張り出し、おれを軟禁し、創真さんを山で遭難させた。重病の人が企てるにしては手が込みすぎている。困惑の目を向けると、父は悪びれもせずに言った。

「おまえがろくでなしと結婚しかけているせいで、血圧が上がり、食事が咽を通らない。このままではいずれストレスで絶命するだろう」

それを聞いて、おれは診断結果を真っ二つに破り捨てた。

「そんなもんで死ぬわけないでしょう！　ふざけてるんですか！」

「至って真面目だ。現におまえがその男と出会ってから、気を揉んで七キロ痩せた」

「心配したのに……！　おれがどれだけ悩んだと思って……！　しかも仮病で同情を引いておいて、創真さんを危険な目に遭わせるだなんて！」

「人聞きの悪いことを言うな。そいつが遭難したのは不測の事態だ」

まだ言うか！　と怒りでぶるぶると震えると、創真さんがおれを宥めた。

「崖から落ちたのは本当に俺の不注意で起きた事故だ。同行者のおっちゃんを助けようとして一緒に転がり落ちただけ」

創真さんは嘘を吐いているわけではなさそうだ。ということはおれが勝手に、父の言動に勘違いを募らせていたことになる。だけど父もそれに乗っかり、煽ろうとした。

「……本当に、あなたって人は！」

父に最大級の不満をぶつけようとした時、創真さんがおれを優しく抱き寄せた。

「とりあえず、こうなったのは全部俺のせいだ。俺が最初におまえを騙そうとしたことが全ての発端だろ？　だから今日はお義父さんに、ちゃんと許可をもらいに来た」

そんなことを考えてくれていただなんて……！　嬉しさと父への不信感がせめぎ合う。

けれど創真さんに抱きしめられているうちに徐々に気持ちが落ち着いてくる。

「おい。なぜさっきから勝手にお義父さんと呼んでいる？　汚らわしい極悪人に呼ばれる筋合いはない。距離も近すぎる、今すぐ湊から離れろ。五メートル、いや、六メートルだ」

創真さんは父の反応を見て、確信を得たようにじとりと目を細めた。

「やっぱり。なんか変だと思ったんだよな。お義父さんは、湊の害になりそうな人間関係を整理してきたっていうから、俺もそうなんだろうとは思ったけど……なんていうかもっと単純に、俺のことが気にくわないだけですよね？　ものすごく個人的に」

確かに、父が創真さんに向ける感情はあまりにも個人的すぎる。おれに直接脅しを掛ける時点で、徹底的に創真さんを排除してやる、という気概を感じる。

すると父は、耐えかねたように吐き捨てた。

「おまえが湊を泣かせたからだ！　私の息子を傷つけたやつを許せると思うか？」

飛び出したごく普通の父親らしい言葉に、おれはぽかんとした。

「湊は昔から泣かない子供だった。どんな状況でも涙だけは見せなかった。それをおまえは玩んで泣かせた、そんなやつとの結婚など認めるものか！」

冷静さをかなぐり捨てて叫ぶ姿も意外だった。それじゃあまるで、おれのことを心配しているようにしか聞こえない……。

「ていうか、どうして泣いたことを知っているんですか？　上野の時のことですよね？」

「おまえが勝手に東京に出ると知って、何かあってはいけないからと調査会社に見張らせたに決まっているだろう！」

まさかそこまでしていただなんて……。驚きを通り越して呆れていると、創真さんが小さく首を捻る。

「お言葉ですが、湊は意外と泣き虫ですよ」

創真さんの主張に対して父は、何言ってんだこいつ、と言いたげな顔をした。

「ていうか人間なんだから泣かないわけないでしょ。湊、寂しがりやだもんな？」

確かに父の前では泣いたことはないかもしれないけど、一人の時にはよく泣いていた。

頷くと、父は衝撃を受けたように目を瞠る。

「俺のことを信用できない気持ちは解ります。だから一生かけて示します。まずはいただいた仕事を誠心誠意、やりきろうと思っています」

「……だから、聞こえのいいことばかり言うんじゃない。大体おまえといて、湊に一体なんのメリットがあるというんだ」

「絶対に寂しい思いはさせません。それから、愛情を注いで大切にします」

「ウサギや植物じゃないんだぞ、ふざけているのか！」

興奮した父が息切れに呻く。秘書が慌てて酸素スプレーを差し出す中、創真さんはさらに畳みかける。

「俺なら、湊が絵を描くことを生涯応援し続けることができます。俺は世界で一番の『スズイシ奏』のファンなので！」

そこは絶対に譲らない、とばかりに前のめりに告げる。

「彼が無名の時からのファンです。嘘だと思うなら箱根の、翠尾楼という旅館のオーナーに問い合わせてください。それに俺と一緒にいれば、世界中の森や植物を見せてやれる。それは湊のクリエイター人生にとって、絶対にプラスになるはずです」

創真さんの言葉に心が震える。消えかけていた希望の火がもう一度灯る。

世界の色々な風景をこの目で見る。創真さんと一緒に、どこまでも行きたい。

父もその提案自体は悪くないと判断したようだ。けれどすぐに、いつもおれがどこかに行くのを邪魔してきた時の、頑なな表情に変わる。

「海外は駄目だ」

どうしてなんだろう。父の揺るがない意思が歯がゆくて唇を噛む。

しかし創真さんは、それに小さく頷いてみせた。

「気持ちは解ります。湊が危ない目に遭うのが心配で止めてたんですよね？　海外に一人で行くと、アクシデントも多いから」

そんな理由のはずが……と見た父は、核心を突かれたように黙り込む。

「だから俺が湊を守ります。危険な目には遭わせないし、俺も無謀なことはしないと誓います。絶対に湊を一人にはしません」

創真さんは誓いを立てるようにおれの手を取った。見上げると優しい笑顔が返ってくる。それを受けておれも心の中で誓う。この手を、もう二度と離したくない。

「父さん」

呼ぶと父は驚いたようにおれを見た。そんな呼び方すら長くしてこなかった。

「おれは創真さんと一緒に行きたい。お願いだから許可をください」

希望を伝えることも、いつしか諦めてしてこなかった。

「今まで父さんのことが理解できなかった。おれが欲しかったのは、ごく普通の愛情で、ずっと放置していたくせに『親の愛』ってなんだろうって……」

父は根っからの芳条家の人間だ。おそらくあの家で、おれがされたように育った。

物心ついたときからの習慣なら、当たり前に受け入れられたんじゃないだろうか。

一般的な愛情表現を知らず、それを不満だとも思わずに生きてきた。おれが父を理解できなかったように、父にはおれが望む「愛情」が、そもそも理解しがたかったのだ。

「だけど、おれが泣いたことを許せないって言ってくれて、父さんなりの愛情がちゃんとあるのが解ったから……これからは管理するんじゃなくて、見守ってくれませんか？」

「見守る……？」

「失敗も経験のうちだと思って、見守ってください。絵が思うように売れなくても、結婚で失敗しても、それも全ておれの大切な経験にしてみせます。だからおれを信じてください。そしたらおれも、もっと素直に、父さんに歩み寄れるかもしれない……」

解り合えないまま来てしまったのは、話し合いを避けてきたおれにも非がある。

これほど素直に気持ちを伝えることができたのは、創真さんのおかげだ。

父は力なく立ち尽くす。その姿は「普通の父親」そのものだった。

「おまえの母親も似たようなことを言っていたな……」

思い出に浸るように俯く。けれどそれもほんの一瞬だけ。再び眼光鋭く問いかける。

「おまえの意見は解った。だが見守るとは？　具体的にどうすればいい？　というかその男がろくでなしなのは事実だろう、失敗する確率が高すぎやしないか？」

「頑張ってみます。それに、手助けが必要な時は頼ります」

説得を試みるが、頭に血が上った父には届かない。どうしたものかと手を拱（こまね）いていたら、それまで後ろで黙っていた結家さんがおれたちを庇うように颯爽と立ちはだかる。

「初めまして。私、ＥＮのコンシェルジュの結家と申します」

優美で丁寧な一礼と共に告げられた肩書きに、父は眉を寄せる。

「湊さんを見守ってきた私から、お二人の馴れ初めから現在の交際状況に至るまで、是非ともご説明させていただきたく。お時間少々よろしいでしょうか？」

有無を言わせない圧を掛けながら、結家さんは後ろ手でおれたちに「脱出せよ」と合図する。

「実はこんな時のために、お二人のこれまでを動画にまとめてあります。ご覧になりたいでしょう？　お手数ですがどなたか、部屋の電気を消していただけますか？」

結家さんが父を書斎机に誘導し、背を向けさせた瞬間、秘書が部屋の灯りを消した。

驚いて見ると小さく頷きながら、彼は扉をそっと開けてくれる。

おれと創真さんは顔を見合わせて、静かに執務室を抜け出す。

すると動画が再生されはじめたのか、爽やかな音楽と謎のナレーションが聞こえた。

「そういや親の説得もコンシェルジュの仕事のうちって言ってたな……つうか、あの動画なに。素材はどこから持ってきたんだ？　ナレーションもあいつがつけてんのか？」

「確か趣味が写真と動画編集で、最近ドローンも駆使しているみたいだから……」

察した創真さんが何か言いたげに背後を振り返る。

「ここはプロにまかせましょう」

腕を引いて促し、急いでホテルを抜け出した。

追っては来ないだろうが念のためホテルから距離を取っているうちに、海沿いに出た。

夕暮れに染まる大海原を前に、ようやく思いきり息が吸えた気がした。

解放感に身を委ねながら周囲を見回すと、至る所がクリスマスのイルミネーションで輝いている。きらきらと光る風景に目を奪われていると、隣から圧を感じた。

見ると創真さんが目を眇め、おれにもの言いたげな視線を向けている。

「な、なんでしょうか？」

「別に。昨日誰かさんに振られたことを、根に持っているだけだが」

「それはその、ごめんなさい」

随分と身勝手なことを言った。思い詰めていたにせよ、話し合おうともしなかった。自分の悪い癖だ。俯くと、小さなため息が返ってくる。

「それだけおまえが、俺のことを大事に思ってくれてる証拠なんだろうけど。こういうのもうなしな。あの程度で別れるとか、ありえないから」

拗ねている。申し訳ない気持ちと同時に、愛しさが込み上げる。

「おれも本当は別れたくないです。一緒についていくけど、いいんですか？」

「いいも何も連れていくからな。じゃないとおまえ、一人で待っている間に色々悩んで、寂しくなったりするだろ？　そんなふうになってほしくない。それに俺も……今までは平気だったけど、なんでかな。一人で長期間向こうで暮らすとか、もうできない気がする」

創真さんはおれの腕を引いて、そのまま強く抱きしめる。

「おまえが隣にいないことが怖い。そばにいてほしい。だから俺と結婚してくれ」

心から望まれている。その喜びに、おれは震える声を振り絞って答えた。

「新婚旅行は、熱海がいいな」

強く創真さんを抱きしめ返すと、一層腕の力が強まった。

「いいよ。どこにでも連れていく。一緒に行こう」

返ってくる優しい声に、おれは大きく頷いた。

「早めに籍入れたいんだけど、いいか？」

「はい。すごく嬉しい……」

イルミネーションがきらきらと輝く。クリスマスを目前に、世界は煌めいている。その雰囲気に呑まれて見つめ合い、なんとなくお互いの顔が触れ合う距離まで近づいたその時、視界の端を白いものがよぎった。

花びらのようなそれが雪だと気づいたのは、次から次へと降ってきたからだ。

あっという間に辺りが白く染まる。そういえばニュースで見た天気予報に、雪だるまのマークが並んでいた気がする。

創真さんが盛大にくしゃみをした。おれも今更ながら腕を擦る。そこでようやくはっきりと自覚して、おれたちは顔を見合わせて同時に呟く。

「「寒い」」

それもものすごく。ぶるりと震えてひしと抱き合ったが、水分を含んだ雪は、ぼたぼたと重く、服と髪を濡らしていく。海風も吹きつけてくるのでたまったものじゃない。

コートは車の中だ。荷物は父のホテルに置いたままで、スマホしか持っていない。

創真さんもほぼ同じような状況だった。

「くそ、このままだと風邪引くな。どっか入るか……」

その時タイミング良く、俺たちのスマホに結家さんからメッセージが届いた。

そこには「お父様の説得が長引きそうなので、本日は近くのホテルで待機していてください。明日の朝迎えに行きます」とある。

創真さんが、おれの手を引いた。

「すぐそこのホテル、空きがないか聞いてみよう」

おれたちは寒さに震えながら、急いでホテルに駆け込んだ。

幸い部屋は空いており、チェックインを済ませて一目散にエレベーターに乗り込む。

上層階の部屋に辿り着いてすぐにエアコンをつけた。

暖かい。けれど冷えた体を温めるには不十分だ。濡れた服も脱いだほうがいい。着替えは……と部屋を見回していると、創真さんがおれを連れてバスルームに直行した。

「湊、お湯ためるから服脱いで」

「創真さんが先に入ってください。怪我もしているし」

だが創真さんは困ったように左足を擦る。

「一人だとちょっとな……」

怪我をしているからサポートが必要なのだろう。寒そうにしているし、一刻を争う。

「解りました。一緒に入りましょう」

促すと創真さんは「じゃあ遠慮なく」と素早く服を脱いだ。

数日ぶりに見た裸に邪な気持ちが湧きかける。でもこれは暖を取るための緊急措置であり、入浴のサポートという名目だ。あまり考えないようにしながら、おれも手早く服を脱ぐと、創真さんは「先に入って」と湯船に促す。

手伝おうと意気込んでいたが、創真さんは特に困った様子もなく湯船に入ってきた。向かい合わせに収まり「二人で入るとお湯の量増えるな」などと、のん気なことを言う。

「足の怪我は？」

歩くことには支障がなさそうだけれど、あれだけ血が出ていたのだから、何針も縫ったはずだ。お湯に浸けていいのだろうか。

すると創真さんが、おれに見せるように左足を湯船の縁に掛けた。そこには防水効果のある傷テープが貼られている。

「……これが怪我した所、ですか？」

「そう。落っこちた時に切れたけど、もう殆どくっついてる」

そんなバカなと半信半疑で患部を見つめる。

「額は？　血が出てましたよね？」

「ああ、こっちのほうが全然かすり傷だ。頭って血、多めに出るだろ」

怪我の部分が見えるように屈む。見ると小さな傷が瘡蓋になっている。

「でも担架で運ばれてた時、すごくぐったりしてたじゃないですか……」

「自力で下山しようとして疲れてたし、ヘリの中が温かくて寝落ちしただけ」

思っていたのと大分違う。

「それなら、さっき足を擦っていたのは？」

「あれは、なんとなく？」

誤魔化すように笑う。そこでようやく確信犯だと気づいた。

騙された。というか勘違いさせられた。やはり詐欺師の素質があるんじゃないだろうかと悶々としたが、今一緒に湯船に浸かっている状況も、うまいこと言いくるめられただけだと気づいて、急に恥ずかしくなる。

向き合ってお湯に浸かってなんかいられない。急いで立ち上がると「待って」と腕を掴まれた。くるりと体の向きを変えて引き戻される。

背後からぎゅうと抱きしめられてしまえば、逃げられる気がしない。

「一緒に入りたかっただけなんだ。許して。寒そうだったし、早く暖めたかった」

「最初から……そう、言ってくれたら……」

「俺に譲ろうとして一生懸命だったからさ。無理強いしたくなかった」

うなじに優しく唇を押し当てられて、結局許した。

創真さんは優しく肩や膝にお湯を掛けてくれる。少しずつ冷えた体が溶けていく。

「少しは暖まった？」

手を握られて頷くと、よかった、と耳元で安堵の声がした。

「湊、よかった……俺、怖かったんだ」

声に切実なものが混じる。創真さんは腕の力を強めながら、首筋に額を押し付ける。

「山で湊のことを考えてた。今ごろどうしてるだろう、寂しがってないかって。万が一こで死んだらもう会えない……そう思うと怖かった。二度と会えないのが怖いと思うほど大切なら、それはもう俺の運命だろ。なんで離れたんだろうって、すごく後悔した」

擦れる声に堪らず振り仰ぐ。強気な瞳が小さく揺れていた。

「おれも、怖かった……でももう大丈夫。絶対離れない」

安心させるように笑いかけると、どちらからともなく唇が重なる。

最初は互いの「怖かった」という気持ちを、埋めるためのキスだった。

けれど次第にキスそのものに夢中になり、交わす呼吸が熱を帯びはじめる。

「創真さん……創真さん」

呼ぶと、後ろ抱きの体勢のまま、応えるようにおれの体をまさぐる。

大きな手がお湯の中で全身を辿り、胸の尖りを捏ねる。

「っ……あ、あぁ……！」

摘まれ、何度も指先で掻く。そうされると体がどんどん蕩けていく。気持ちが良くて、もっと、と求める。腰の疼きに耐えられず、湯船の縁を掴んでいた手を自らの股間に伸ばす。すると創真さんが窘めるようにキスを深くして、代わりに愛撫してくれた。

お湯の中でゆっくりと触れられて興奮する。このままではのぼせてしまいそうだ。

「熱い……」

喘ぐと創真さんは「立てる？」と訊いた。頷き、手を借りて立ち上がる。するとそのまま壁に手を付く姿勢をとらされた。

腰を突き出す形で身構えると、固さを帯びた性器がおれの尻に押し当てられる。

「くそ……ローション、無いんだった……！」

熱と興奮で朦朧としながら、咄嗟に洗面台に目を向ける。

「それ……使えるかも」

並ぶアメニティを指さすと、創真さんは高級感のある瓶に手を伸ばす。

「ベビーオイルってのがある」

それ、と頷くと創真さんは手に出したオイルを、余裕なく自らの性器に塗り付けた。

そしておれの太腿の間に挟み込む。熱く屹立したものが、オイルの滑りを帯びて内股を犯すように前後する。おれの性器まで擦り上げるので、本当にセックスしているみたいだ。

しっかりと腰を掴まれると、快楽の逃げ場がない。

「あっ、あぁっ、これ、だめぇっ」

背後から思いきり腰を打ち付けられて、結局一分と持たなかった。バスルームの壁に白濁を放つ。膝が震え、その場に崩れ落ちかけると、創真さんはおれを横抱きにした。

そのままいつかのように、ベッドの上に運ばれる。温泉旅館の時と違い、ベッドは一つだけ。その分広い。そこでようやく、かなり立派な部屋だと気づいた。

本来であれば、窓からの見事な夜景に目を向けるべきだ。でも今はベッドに乗り上げた創真さんの股間が、苦しげに張りつめているほうにばかり目が行く。

「創真さん、来て……」

横たわるように促し、おれは身を屈めて、屹立したものを口に含んだ。大きすぎて飲み込めない。代わりに手で擦り上げながら先端に舌を這わせると、創真さんはくぐもった声を上げた。気持ちよくなってほしい、そんなことを切実に思いながら奉仕する。

「湊、もういい……出る」

離れろ、と制する声を無視して、強く吸い上げると、創真さんが咄嗟に腰を引いた。勢い良く飛び出した精液がおれの頬と胸にかかる。それを見た創真さんが、慌ててティッシュでふき取る。

「おまえなぁ……！　掛けちゃっただろ！」

なんなら口に出してくれてよかったのに。そう思うくらいには興奮していたし、創真さんの昂ぶりもまだ収まらない。

一瞬だけ迷う。そして創真さんが持ってきた、ベビーオイルの瓶に手を伸ばす。

「創真さん……ちょっとだけ待ってて。今、準備、するから……」

自分の指先にオイルを垂らし、膝立ちの体勢で後ろを弄る。ほんの数日前、創真さんを受け入れたばかりのそこは、少しの慣らしで蕩けていく。

この行為にすら劣情が生まれる。創真さんはそんなおれを凝視した。

「あ……あんまり、見ないで……！　窓の外でも見て、待っててください」

「無茶言うな、目の前でこんなことされて釘付けに決まってんだろ！　……てか、むり。エロすぎる。それ貸して！」

オイルの瓶を奪われる。創真さんは指先をたっぷり濡らし、おれの代わりに後ろを弄る。太い指は的確に浅く、深く、おれの体を解していく。

「……ゴムは、さすがに代用品がないんだけど」

「いいから……そのまま、挿れて」

「は……？　だって、中で出したら腹壊すって、漫画で読んだぞ」

最近の漫画ってすごいなと感心しつつ、創真さんがおれを大事にしてくれようとしているのが解って嬉しくなる。実はおれも知識だけでしか知らない。それでも。

「大丈夫だから」

「でも」

「あとで一緒に掻き出すの、手伝って……」

向かい合う体勢で腰を持ち上げ、柔らかくなった後孔に切先をあてがう。

切実に今、創真さんが欲しかった。

お願いだからこのまま抱いてほしい。目で訴えると、創真さんはごくりと唾を呑む。

そして深く息を吸うと、おれの腰に手を当てて、ゆっくりと下へ誘導する。

「ああぁっ……！」

体の中で熱い粘膜同士が擦れる。その悦びに背中がのけ反る。

「あぁっ、こ、こんなにっ……！　これっ……気持ちよすぎるっ！」

コンドームなしでするのは初めてだった。自分で誘ったものの、強すぎる快楽が怖くなって慌てて腰を引くが、創真さんの手がそれを許さない。

「湊の中、熱い。溶けそうだ……」

　指が食い込むほど腰を掴み、逃げようと浮いた分だけ引き下ろされた。さらに下から突き上げられて、目の前に火花が散る。

「あっ、だめっ……ダメっ！　創真、さんっ、待っててっ！」

　必死に首を振るが、ぎゅうと抱きつくような体勢がいけなかった。

「可愛いな……気持ち良いんだ？　俺もだけど」

　よしよしと宥めるように尾骨の辺りを指先で撫でながら、更に揺さぶってくる。

　優しく触れられてぞくぞくした。手の動きに誘導され、自ら腰を揺らしてしまう。

　恥ずかしい。でも気持ちが良くて止まれない。夢中で喘いでいると、突き上げる速度が速まる。激しい律動に合わせてチカチカと目の前が白む。

「あっ……あぁ、もうだめ……創真さんっ……」

「湊……好きだ、愛してる……！」

　快感が爆ぜて、腰がガクガクと震えた。同時に体の奥で、創真さんの昂ぶりが弾ける。

「あぁ……ぁ！」

　どくどくと注ぎ込まれる熱を、恍惚と受け入れる。

　限界まで甘い歓喜に震えた体から、ついに力が抜けた。弛緩する体を創真さんが抱き留める。温かくて幸福な余韻に包まれながら息を調え、彼の胸に頬をすり寄せる。

「創真さん、おれも好き……愛してる」

想いを伝えると創真さんは安堵するように笑い、さらに深く抱きしめてくれた。


翌朝、朝食を食べに一階のレストランに向かうと、結家さんが疲れた表情で、濃いめのコーヒーを飲んでいた。聞けばあの後夜通しで、父の説得に当たってくれたのだという。

「手強いお父様でした……ところで、二人とも、夕べはゆっくり過ごせましたか？」

昨夜のあれこれを思い出して顔を赤くしていると、創真さんは頷く。

「まぁな。それより俺たち、籍入れることにしたんだけど」

「なんと！　それは本当ですか？　具体的なご予定はいつ？」

その問いに、おれたちは顔を見合わせて、お互いのスマホを結家さんに差し出す。

「アプリでできるんだろ？　立会人になってくれ」

「ぜひ結家さんにお願いしたくて」

今朝起きてすぐに、創真さんと相談した内容を告げると、結家さんは嬉しそうな表情を浮かべた。姿勢を正し、てきぱきとおれたちの端末を操作する。

「それではお二人とも、人さし指をこちらに。三秒間そのままで」

どうぞと促され、お互いのスマホの中央のＥＮのロゴに指を置く。

きっかり三秒。そして現れる「結婚届を提出しますか？」の問いに視線を交わし、イエスのボタンを同時にタップした。

画面には「ご成婚」の文字が。そして結家さんは、流れるような動作で懐から小さなくす玉をとり出し、紐を引いた。

テーブルの上で「おめでとう」と書かれた垂れ幕と共に、ハシビロコウとシマエナガのモチーフが揺れている。すごい。いつの間に用意してくれていたんだろう……！

「おめでとうございます！　まさかこの日に立ち会えるだなんて！」

感極まった結家さんを前に、おれたちは顔を見合わせて笑う。

朗らかな気分で羽瀬家に帰り着くと、由衣さんとお爺さんが出迎えてくれた。

由衣さんは創真さんに開口一番、「なんで私のこと置いていくわけ？　あの状況で信じらんない！」と怒りをぶつけたが、元気な姿を見て安心したのだろう。

お爺さん共々「とにかく、無事でよかった」と労ってくれた。

それから籍を入れたことを報告すると、そこからはもうお祭りのような騒ぎになった。

孫のために大量の寿司を取るお爺さん。すると誰がどう呼びかけたのか、商店街の顔見知りの人たちが手土産持参で集まってきて、宴会になった。

その中に美容師の矢野さんもいて「よかったな！」と喜んでくれるのを、創真さんは照れくさそうに受け入れていた。

おれは電話で、金沢にいる先輩に報告をした。

創真さんと共に海外に行くことも伝えるとお祝いの言葉と共に、『見たもの全てが、絵を描くことにつながるはずだから』と、力強く応援してくれた。

これまで自分の結婚に対して、ひっそりとしたイメージしか持てずにいた。

こんなにも大勢の人から祝福してもらえたことが嬉しくて、感極まってしまう。

以前なら一人で泣いていた。でも今は違う。

「湊、どうした？　大丈夫か？」

涙に気づいた創真さんがすっ飛んできて、抱きしめてくれる。

おれは今、大きな幸せの中にいる。それが嬉しくてたまらない。


海外での生活に向けて、準備を整えながら過ごした冬。合間に身内だけで結婚式を挙げて、新年早々新婚旅行で熱海にも行った。

そして吹きつける風が温かくなりはじめた春の日に、旅立ちを迎えることになった。

「ご結婚から今日まで、あっという間に時間が過ぎてしまいましたね」

空港に見送りに来てくれた結家さんが感慨深そうに呟く。おれは心から感謝を述べた。

「今まで本当にありがとうございました。なんてお礼を言ったらいいか……」

「いいえ。コンシェルジュ冥利(みょうり)に尽きるお二人で、私も楽しかったです」

本当に色々と迷惑を掛けたので、そう言ってもらえてホッとする。

「そういえば、お父様はあれからいかがですか？」

「結家さんのおかげで、わりと普通にメールをやり取りできるようになりました」

父は結家さんの渾身の説得を受け入れ、おれを「見守る」ことを約束してくれた。

おれから申し出ない限りは何もしない。その代わり何かあれば必ず報告し、週に一度は何らかのメールのやり取りをするという取り決めで、話がまとまった。

以前より大分接しやすくなったが、創真さんに対しては、相変わらず激辛対応を続けている。

創真さんは「自業自得だし、俺だって由衣が詐欺師にひっかかったら、二度と近づけさせないようにするもんな」と納得しているため、今のところ表立って争いは起きていない。

「帰国したら、父の所に顔を出すつもりです。ストレスとはいえ、あれ以上痩せてしまったら可愛そうなので。それにいつか創真さんが素敵な人だと認めてほしいし……」

「様子を窺っておきますのでご安心を。それと私も個人的に連絡しますので、湊さんの近況など教えてくださいね。コンシェルジュとしても、夫々(ふうふ)関係のお悩み相談など随時受け付けますので、今後ともどうぞよろしくお願いします」

ＥＮにおける「運命の伴侶」の検証は、まだ始まったばかりだ。

おれたちが長期にわたり結婚生活を送るか否か、という検証には長い時間を要する。

結家さんとの関係は今後も永く続くだろう。俺自身も結家さんとの交友関係が、これからも続けばいいなと思っている。

「結家さんは、おれと創真さんがこういう結果になると思っていましたか？」

創真さんと一緒になれたのは、結家さんの協力があってこそだ。だけど不穏な始まり方をしたおれたちのことを、どう思っていたのだろう。

「正直不安はありましたよ。羽瀬さんはうさん臭くて詐欺師まがいのことをするし、湊さんが羽瀬さんの家に同居した時なんて、上手いこと言いくるめられてやしないかと、ハラハラしました。この点においては、湊さんのお父様の気持ちがよく解ります」

そこまでうかつじゃないんだけどな……と、言いたい気持ちをぐっと堪える。

「ですが羽瀬さんも本性はなかなかの男ぶりですし、湊さんもしっかり者でいらっしゃる。なんだかんだでバランスが良いし、最高の『運命の伴侶』だと思います」

一番近くで見守ってくれた人に、太鼓判を押してもらえたことが嬉しい。

「とはいえ湊さんが羽瀬さんを許したのを、甘いと思ったのも事実です。元々恩があったようですし、採点が甘いところがあったのかもですが……」

創真さんのしたことを、未だ根に持つような口調に苦笑する。

「そうかもしれません。でも創真さんは、いつもおれに対して一生懸命に接してくれました。優しいし根は真面目だし、素の創真さんを知ったら憎めないというか……絆されたと言えば、その通りなんですけど」

創真さんはおれのことを、とてつもなくチョロいと言った。だけどそれって、創真さんが誰よりも魅力的だから、結果的にチョロくなってしまうのだ。

「あの人に会って思ったんです。運命ってもしかして、自分じゃどうしようもない物事のことなのかなって」

たどり着いた答えを伝えると、結家さんはそれごと祝福するように微笑んでくれた。

「なぁ、もしかして今、俺の悪口言ってた？」

買い物のため席を外していた創真さんが、怪訝そうな表情で戻ってくる。それに対し結家さんが、からかい口調で切り返す。

「別にぃ。羽瀬さんだから仕方がないって話をしていただけです」

「なんだよそれ。どういう意味だよ」

拗ねる様子が可愛い。二人のやり取りを微笑ましく眺めていると、結家さんに訊かれた。

「お二人はまずイギリスに向かうんですよね？　その後はどちらへ？」

「王室の要望次第だけど、どこかのタイミングで、俺の両親の所にも顔出すつもり」

「長い旅路になりそうですね。湊さん、不安なことはないですか？」

正直、全くないわけではない。だけど隣にはいつだって創真さんがいる。

「なんとかやってみます」

意気込みを伝えると、結家さんは頷く。

「旅は伴侶の絆を強くすると言います。知り合いに、無理やり籍を入れられて、強引に新婚旅行に連れ出されたものの、絆を深めて帰ってきた方もいますし」

そんな破天荒な人たちがいるのかと、感心する。

「それに結婚とは、人生という荒野を行く旅のようなものです。だからあなたたちには『おめでとう』の意味を込めて、見送りの言葉を伝えさせていただきますね」

結家さんは時計を確認する。そろそろお別れの時間だ。

「『運命の伴侶』であるお二人に、祝福と旅の安全を祈って……いってらっしゃい」

コンシェルジュらしい優雅な一礼を受けて、おれと創真さんは笑顔を交わす。

「いってきます」

見送りに手を振って歩き出す。すると創真さんがぽつりと訊ねた。

「なぁ、さっき本当になんの話してたの？」

ふてくされている、と言うよりも、自分だけ知らないのが嫌なのだろう。

「足掻いても、遠ざけても、離れることも忘れることもできなくて、いつの間にか人生に割り込んで来た、手に負えない人の話をしてたんです」

「なにそれ。誰だよそいつ」

不機嫌に拍車がかかるので、おれは堪らず小さく笑う。

「そんなの、創真さん以外いるわけないでしょう」

愛しさを込めて手をつなぐと、「ふーん」と言いながら顔を背ける。

その言い方がまんざらでもなさそうだ。しかも耳を真っ赤にして、負けじと手を握り返してくる。

どうしようもなく愛しくて、どんなに憎らしくても許してしまう。

くやしいけれど、あなたが運命。

素直に受け入れた時、寂しさはいつの間にか消えていた。

END

■あとがき■

こんにちは。Ａｉｏｎと申します。

「くやしいけれどあなたが運命～詐欺師との結婚～」をお手にとってくださってありがとうございます。こちらが三冊目の本となります。

このお話は当初、創真(攻)目線で書きたくてプロットを作り始めたのですが、創真が脳筋なせいかあまりドラマチックな展開にならず、行き詰まってしまいました。

担当さまとの打ち合わせの際「湊(受)目線で書いたほうが面白い展開になるのでは」というアドバイスをいただき、半信半疑でプロットを書き直したところ、湊がとても素直な性格なので驚くほど書きやすく、展開的にもツリー倒壊のどさくさでいちゃついたり、元彼が絡んできてあれこれあったり「いいぞ、もっとやれ！」という内容になりました。

あの時の担当さまのアドバイスのおかげです。本当にいつもありがとうございます。

そして今回イラストを、街子マドカ先生に描いていただきました。

キャララフを一目見て、シマエナガみたいな湊が可愛くて、創真もすごくイケメンで、これはお互い好きになっちゃうはずだ！　と思いました。

愛情を込めて描いてくださってすごく嬉しかったです。可愛く描いていただき、本当にありがとうございました。

このお話を書くにあたり、「主人公が『運命とは？』という疑問に答えを出す話」というテーマを設けました。

なので湊が無事「運命」の答えに辿り着けたことが嬉しいです。

創真と湊は、これから先もお互いをリスペクトしつつ、仲良くやっていくと思います。半年を海外、半年を日本で、みたいな生活サイクルになるのでしょうか。

創真は湊にさらにズブズブに嵌まっていくので、男気のある彼なら、きっと湊を生涯大切にすると思います。

そしてもう一人の立役者、結家愛之介さんも、また別の「運命の伴侶」の担当となり、仕事に邁進していくのだと思います。そのお話も書いてみたいです。

それでは、最後まで読んでくださってありがとうございました。

またどこかでお会いできるよう頑張りたいと思います。

初出
「くやしいけれどあなたが運命～詐欺師との結婚～」書き下ろし

この本を読んでのご意見、ご感想をお寄せ下さい。
作者への手紙もお待ちしております。

ショコラ公式サイト内のWEBアンケートからも
お送りいただけます。
http://www.chocolat-novels.com/wp_book/bunkoenq/

くやしいけれどあなたが運命
～詐欺師との結婚～

2024年6月20日　第1刷

著　者:Aion
発行者:林 高弘
発行所:株式会社　心交社
〒171-0014　東京都豊島区池袋2-41-6
第一シャンボールビル7階
(編集)03-3980-6337 (営業)03-3959-6169
http://www.chocolat_novels.com/
印刷所:図書印刷 株式会社